Carl Schultes

Fust und Gutenberg

Dramatische Dichtung in 3 Abteilungen und einem Vorspiele

Carl Schultes

Fust und Gutenberg
Dramatische Dichtung in 3 Abteilungen und einem Vorspiele

ISBN/EAN: 9783743625587

Hergestellt in Europa, USA, Kanada, Australien, Japan

Cover: Foto ©Andreas Hilbeck / pixelio.de

Manufactured and distributed by brebook publishing software
(www.brebook.com)

Carl Schultes

Fust und Gutenberg

Fust und Gutenberg.

Dramatische Dichtung in drei Abteilungen und einem Vorspiele:

„Der Teufel in Schiltigheim"

von

Carl Schultes.

(Original.)

Vorspiel.

Der Teufel in Schiltigheim.

— ■ —

Personen.

Wernher Knochenhauer, Landsknecht-Waibel.

Peter Schönlein, Bauer und Krugwirt.

Käthe, seine Tochter. [15 Jahre alt.]

Meister Johannes Fust, Goldschmied aus Mainz. [42 Jahre alt.]

Der Schmiedkasper.

Junker Roland, ein ritterlicher, fahrender Schüler.

Kunrad, ein junger Bauer.

Landsknechte. Bauernburschen und Bauernmädchen. Schneider aus Straßburg Musikanten.

Ort der Handlung: Dorf Schiltigheim bei Straßburg im Elsaß.

Zeit: Herbst 1443.

Seite rechts und Seite links immer vom Zuschauer.

Freier Platz vor dem Dorfkruge. Seite links etwas zurück das Haus des Krügers. Die Längsseite des Hauses, welche nach dem Platze geht, zeigt eine Thüre, und die vordere Querseite eine Fensteröffnung, die mit einem Holzladen bedeckt ist. Neben der Eingangsthüre steckt eine mächtige Hellebarde. Auf dem Strohdache des Hauses befindet sich an langer Stange ein bebänderter Kranz aus Weinlaub. — Seite rechts ist die offene Dorfschmiede. In der Mitte des Hintergrundes steht die große, breitästige Tanzlinde, um deren Stamm eine Bank läuft. Der Rhein im Hintergrunde ist durch Gebüsch verdeckt, und in der Ferne zeigen sich die Höhen des Schwarzwaldes, aus denen der Knibis hervorragt. Vor der Querseite des Kruges stehen Seite links Tisch und Bank in einem Gebüsche.

Erster Auftritt.

Voland. Peter. Kunrad. Schmiedkasper. Bauern-
bursche und Mädchen. Musikanten. [Fiedel, Querpfeife,
Sackpfeife und Trommel.] — Voland sitzt im Halbdunkel der
Schmiede auf dem Ambos. Peter und Kunrad stehen in der
Thüre des Kruges. Die Musikanten stehen auf der Bank der
Linde. Bauernbursche und Mädchen umringen im Halbkreise den
Schmiedkasper [dessen Oberkörper in Weinlaub gehüllt ist,
und davon einen Kranz auf dem Kopfe trägt. Er führt einen
Bären (Schmiedgeselle) an der Kette. Er singt und die Musi-
kanten spielen dazu:]

Allemann, Allemann,
Frisch auf,
Zu Hauf,
Der Herbst kommt an!

Alle [klatschen in die Hände und wiederholen].

Allemann, Allemann 2c. 2c.

Schmiedkasper [sprechend].

Nun singt und tanzet um die Wette [auf s. Bären deutend]
Es liegt der Donner an der Kette!

Alle [wiederholen jubelnd].

Nun singt und tanzet um die Wette 2c. 2c.

Schmiedkasper.

Kein Donner stört das Winzerfest,
Zu dem ich lad' auf's Allerbest'! —

Doch thu' ich Euch befehlen:
Gieß't nichts vorbei den Kehlen!

Bursche.

Gieß't nichts vorbei den Kehlen!

Schmiedkasper [zu seinem Bären].

Was sagst Du, Donner, zu dem Brauch?

Bär [richtet sich auf und klopft auf seinen Bauch].

Ich hab' viel Platz in meinem Bauch!

[Er will die nächststehenden Mädchen umarmen, diese fahren
aufschreiend zurück.] -- Allgemeines Gelächter.

Schmiedkasper.

Kein Pfaff, kein Junker soll es wehren,
Daß unser Durst sich heut' thut mehren!
[Singt wieder.]
Allemann, Allemann,
Frisch auf
Zu Hauf,
Der Herbst kommt an!

Alle [wiederholen jubelnd].

Allemann, Allemann ꝛc. ꝛc.

[und mit der Musik an der Spitze ziehen: Schmiedkasper, Bär,
Bursche und Mädchen S. r. H. ab.]

Zweiter Auftritt.

Peter [der bemüht ist, Kunrad in das Haus zu ziehen].

Zum Keller nun hinein geschwinde!
Wenn wieder kommen sie zur Linde,
Muß auch getauft das Weinlein sein,
Sie schlagen sonst die Köpf' sich ein!

Kunrad [hält Peter zurück].

Und wo ist Käthe?

Peter.

Laß' den Schatz,
Es putzt sich noch die eitle Katz'!

Kunrad.

Mir scheint, der Fremde Uebles sinnt!

Peter.

Du Schaf! Der denkt, wie er gewinnt
Des Landsknechts goldgefüllten Sack!
Nun komm', mach' nicht so dummen Schnack!

[Er zieht Kunrad ins Haus.]

Voland [springt auf, reibt sich die Hände und tritt etwas vor].

Kein Dörflein steckt so dicht im Grün,
Daß mir nicht Freude drinn' mag blüh'n!

[Peter und Kunrad fliegen wieder aus der Hausthüre.]

Wernher [noch im Hause].

Hinaus, verdammtes Bauernpack,
Der Teufel brech' Euch das Genack!

[Erscheint etwas angeheitert in der Thüre. Er ist ein stattlicher Mann in den besten Jahren. Rechter Landsknecht.]

Wo ich Besitz vom Hause nehm',
Da will ich's haben auch bequem, [droht den Beiden]
Und wer mich in der Ruh' thut stören,
Der soll die Engel — pfeifen hören!

Peter [ängstlich].

Ich hab' . . . .

Wernher [lachend].

Potz Blitz, Du haft noch was?
Sehr angenehm zu hören das!
Dann geh' hinein nur in mein Haus,
Und bring' es mir geschwind heraus!

Peter [leise zu Konrad].

Der frißt mir noch die Haar' vom Kopf! [Laut]
Mein Haus ist . . .

Wernher [zornig aus der Thüre tretend].

Merk' Dir, dummer Tropf:
[auf seine Hellebarde zeigend]
Wo meine Hellebarde steht,
Bin ich der Hausherr früh und spät!
[Klopft dem vor Angst zitternden Peter auf die Schulter. Gemütlich:]
Na, geh' hinein nur Väterle,
Und schick' heraus lieb' Kätherle
Mit vollen Krügen in den Händen,
Dann will ich meine Gnad' Dir spenden!
[Er schiebt Peter und Kunrad, die sich sträuben, in das Haus.]
Voran, sonst brenn' ich's Haus Euch nieder!

Voland [bei Seite].

Der Landsknecht wird mir gar zu bieder,
Verdirbt zuletzt mein ganzes Spiel,
Wenn in den Arm ich ihm nicht fiel!
[Er ruft gewaltig:]
Her! Her!

Wernher [läßt die Bauern frei, die in das Haus schlüpfen,
wendet sich auf den Kriegsruf rasch um, reißt seine Hellebarde
heraus und nimmt eine Kampfstellung].

Her! Her! Wo ist der Feind?

Voland [tritt aus der Schmiede ganz heraus und lacht.]

Haha! So war es nicht gemeint!
Es lag mir nicht an Hieb und Stich, [verbeugt sich]
Ich wollt' nur freundlichst melden mich!

Wernher [steckt seine Hellebarde an die alte Stelle].

Potz Blitz, ich konnt' es mir fast denken,
Das sei so was von Euren Schwänken!
[Schlägt Voland derb auf die Schulter.]
Wer Euch sich thut zum Freund erküren,
Wird sicher niemals Uebles spüren!

Voland [reibt sich die Schulter].

Das freut mich herzlich, denn nicht Allen
Mag meine Art und Weis' gefallen! — [lauernd]
Wie ist's, habt Ihr Euch nun entschlossen,
Fest beizutreten den Genossen? —

Wernher [kratzt sich hinter dem Ohr].

Ja seht, mein Freund — lacht mich nicht aus —
Ich bin aus einem frommen Haus.
Zu München stand im Gruftgäßlein
Vor vierzig Jahr'n die Wiege mein;
Doch seit zum Kriegsvolk ich that geh'n,
Hab' ich das Nest nicht mehr geseh'n!
Nur tönt im Ohr der Mutter Wort:
„Sei Wernher brav an jedem Ort!" —

Voland [schwingt sein Barett].

Am Tag von Tauß habt Ihr's bewiesen!

Wernher [auffahrend].

Schweigt Herr; denn alle Wunden fließen
Auf's Neu', denk' ich an diese Schmach,
Bei der ein stolzes Heer erlag —
Nein, nicht erlag — nur feige floh,
Als da die Huffen schrie'n: „Joho!" —
Eilftausend gingen vor die Hunde,
Nur Straßburgs Fähnlein hat zur Stunde
Den Rest beschützet guter Letzt,
Sonst wurden All' zu Tod gehetzt! —
Seht, Herr, drum halt' ich fest zur Stadt,
Die solche tücht'ge Kerle hat! —

Voland.

Der Tüchtigste jedoch war't Ihr;
Denn man hat wohl bekundet mir:
Das Banner Straßburgs habt getragen
Ihr hoch mit mutig=kühnem Wagen!
Man sagt: Der Kaiser wollt' Euch machen
Zum Hauptmann . . .

Wernher.

　　　　Freund, das war zum Lachen!
Er hatte keine Söldner mehr,
Nur Pfaffen noch rings um sich her,
Zu deren Hauptmann paßt' ich schlecht,
Und so blieb ich ein Landesknecht
In Straßburgs Dienst, der teuern Stadt,
Die mich ernannt zum Waibel hat. —
Wir kriegen mit den Baslern Strauß,
D'rum zog ich in das Land hinaus,

Und ließ die Werbetrommel geh'n,
Um mich nach Brüdern umzuseh'n!

Voland [lachend].
Ihr habt ja welche eingefangen.

Wernher.
Zwei Dutzend; doch ich konnt' nicht prangen
Mit ihnen; war'n zerlumpt, verlaust,
Und führten Krieg auf eig'ne Faust!
In dieser Not schick' ich zur Stadt,
Die mir denn gleich gesendet hat,
Sechs Ballen Tuch und auch vier Schneider,
Den Kerls zu machen neue Kleider;
Auch Strümpfe, Hüte, neue Schuh',
Und was sonst noch gehört dazu!
Gewaschen wälzen sie sich froh
Hier bei den Bauern auf dem Stroh;
Doch morgen am St. Lukas Tag
Führ' ich die Prachtkerls in den Schlag;
Denn glaubt, wenn sie fast nackt erschienen,
Die Waffen waren gut bei ihnen!

Voland.
Das Handwerkszeug hält man in Ehren!
[Schnüffelt in der Luft herum, als ob er Fremdes wittere, zieht
Wernher nahe an die Schmiede hin und sagt vertraulich:]
Es will mir recht den Sinn beschweren,
Daß Ihr noch müßt vor Winterszeit,
Die Rotten führen in den Streit,
Und zwar gen Schwyzer; und Ihr wißt,
Daß diese sind voll arger List,
Und meistenteils auch — fest gemacht!

Wernher.

Da hab' ich wohl auch d'ran gedacht,
Und suchte Freundschaft d'rum mit Euch,
Der wohl versteht solch' — Teufelszeug!

Voland [mit einer Grimmasse].

Sprecht nicht vom — Teufel; denn ich kann
Gewiß nicht aussteh'n diesen Mann,
Der mehr im kleinen Finger weiß,
Als ich Scholar, samt allem Fleiß. [flüstert:]
Seht, bei der Festmach=Prozedur,
Die ich vornehm', beding' ich nur,
Daß Ihr mir nicht an Heil'ges denkt,
Wenn ich die — Weihe Euch geschenkt!

Wernher [freudig].

Nicht mehr? Dann schlag' ich wahrlich ein —
[zweifelnd:]
Doch werd' ich . . . gleich gefestet sein?

Voland [hält die Hand hin].

Ihr könnt es ja alsbald probieren.
Thut bei dem Winzerfest hofieren
Den Mädels, und wenn Eifersucht
Euch morden will — dann, Wernher, flucht
Mich in die tiefste Höll' hinunter —
Sind alle Messer mehr wie Plunder!

Wernher [schlägt ein].

Nun Topp! Ich will zur „festen Gilde"
Mich zählen, führt Ihr nicht im Schilde
Was Seelenschlimmes . . .

Voland.

Laßt die Seelen!
Das darf [b. S.] vorerst [laut] Euch gar nicht quälen!
[Packt mit beiden Händen Wernhers Rechte.]

Wernher [schauernd].

Ihr habt ja Hände kalt wie Eis!

Voland
[zieht Wernher in die Schmiede, deren Feuer plötzlich aufflammt.]

Kommt nur, die Freundschaft macht sie heiß!
[Sie verschwinden in der Schmiede.]

Dritter Auftritt.

Fust, dann Käthe.

Fust [tritt S. l. aus dem Gebüsche vor dem Dorfkruge vor-
sichtig etwas heraus. — Er ist ein schöner Mann von etlichen
vierzig Jahren, und geht in sehr einfacher Bürgerkleidung.]

Nun weiß ich, was der fahle Schatten,
Mit seinen Gliedern, dürr wie Latten,
Von dem erzdummen Landsknecht will! —
Doch Hans sei Du nur klug und still,
Stör' vorlaut nicht die dunklen Kreise,
Die Dir dereinst in andrer Weise
Gewiß von großem Nutzen sind!
Der dumme Teufel hält mich blind,
Weil über meine beiden Ohren
Verliebt ich sei, und — halb verloren! —
Er hat auch mich hierher gezogen,
Von einem Goldschatz mir gelogen,

Der in des Landsknechts Kumpanei
Im Kruge hier zu finden sei! —
So gelt es List denn gegen List;
Woll'n seh'n, wer da der Stärk're ist! —
Nun fort zum — frischen Liebesspiel,
Das mir verdecken hilft mein Ziel:
Des Bösen Hülfe zu erwerben,
Ohn' meine Seele zu verderben! —

[Er klopft an den Fensterladen. — Halblaut:]

He, Käthchen, bist Du nun geputzt?
Verlier' die Zeit nicht, die uns nutzt;
Denn später, bei dem Winzertanz
Erfaßt die Lust Dich gar und ganz,
Und alle meine Liebesworte,
Sie dringen nicht zur Herzenspforte!

Käthe [öffnet den Laden, doch schlägt sie denselben nicht ganz
zrück, so daß sie und Fust, der zum Fenster tritt, gegen die
Schmiede gedeckt sind].

Ja, tanzen ist mein ganzes Leben!
Doch mit den Bauernburschen eben
Zu stampfen, steht mir nicht zu Sinn,
Da ich bestimmt zu Besser'm bin. —
Es hat ein Freund es mir gesagt:
„Du bist zu gut zur Bauernmagd!" —

Voland.

Ich war's!

Käthe.

Mein Wunsch ist's, mich zu schwingen
In stolzer Paare holden Ringen;
Doch wißt Ihr, daß der Vater hat
Nur Widerwillen vor der Stadt!

Doland [ist bei Käthen's Rede aus der Schmiede getreten,
schleicht über den Platz, lehnt sich an die Hausecke, und lauscht
lachend den Worten].

Wie wird die Mainzer Rüde belfen?

Fust [ergreift Käthe's Rechte].

Dem ist gar leichtlich abzuhelfen,
Wenn Du, Goldschätzchen, heut' mit mir
Entweichst auf ein'ge Zeit von hier!

Doland [lacht].

Das nenn' ich brav!

Käthe.

Wo soll ich bleiben?

Fust.

Ich that schon einer Freundin schreiben,
Die nimmt Dich auf in ihrem Haus!

Doland.

Da gucken viele Fräuleins raus!

Käthe.

Und mach' ich bald ein Tänzlein mit?

Fust.

Bei den Patriziern ist es Sitt',
Daß morgen sie am Lukas-Tag,
Mit Tanz und prächtigem Gelag
Ein städtisch' Winzerfest begeh'n.
Komm mit, dann sollst Du Alles seh'n!

Käthe [freudig].

Und — tanzen? [bedenkt sich]
Doch — mein Bauernkleid . . . .

Fuſt.

Darüber habe nur kein Leid;
Denn aus des Mummenſchanzes Strauß
Ragſt Du als ſchönſte Roſ' heraus! —

Käthe [bedenklich].

Ein Mummenſchanz am Lukas-Tag?
Das glaub' Euch, wer es glauben mag!

Fuſt.

Sei nicht ſo kindiſch, Schätzlein gut!
Iſt das, was der Schmiedkaſper thut
So eben jetzt, nicht Mummenſchanz?

Käthe.

Ach, ſo iſt's? Das vergaß ich ganz!
[Greift nach dem Laden.]
Verzieht! Will feſt mein Kränzlein machen . . .

Voland.

Recht feſt!

Käthe [macht den Laden faſt zu und ſtreckt nur den Kopf heraus].

Und meine Siebenſachen
In ein geringes Bündel ſchnüren,
[Fuſt will ſie küſſen, ſie weicht zurück.]
Dann — dürft Ihr mich zum Tanze führen!
[Schließt den Laden.]

Vierter Auftritt.

Fuſt. Voland. Später Wernher.

Voland [tritt vor und begrüßt Fuſt].

Der Schatz iſt — Gold wert — ſchwöre ich!

Fuſt [geht verachtungsvoll an Voland vorüber].

Und heb' ihn ſicher — ohne Dich!

Voland [lacht].

So ſtolz? — Ich weiß, im gold'nen Mainz,
Iſt jeder Fremde, Kunz wie Heinz,
Nur gut genug zum Schuheputzen!

Fuſt.

Dein Spotten ſoll Dich gar nichts nutzen;
Denn glaube mir: mein Witz er fand
Woher Du kamſt, aus — welchem Land!

Voland [verneigt ſich].

Ich ſagt's ja: Mainz, das iſt die Stadt,
Wo man die feinſten Naſen hat!

Fuſt [bläſt gegen Voland].

Puh! Hier den „Teufel" auszuſpüren,
Darf man die Naſ' zur Luft nur führen!

Voland.

Pfui, Herr! wer wird ſo grob gleich ſein?!
Ihr ſeid ja noch nicht in der Pein!

Fuſt.

Und werde nie hineingelangen!
Mich ſollſt Du nicht gleich Wernhern fangen!

Voland.

Wer ſagt, daß ich den Landsknecht fing?
Der iſt ein unbedeutend Ding,

Das mir, wenn auch ein Bischen spät —
Am Ende niemals nicht entgeht! —
Er ist [hustet, b. S.] die Lockspeis' nur für Dich —
[laut] Zu dumm und frumm mir sicherlich!

Fust.

Was macht er in der Schmiede dort?

Voland [leichthin].

Schläft seinen Rausch aus an dem Ort!

Fust.

Was er zu Anfang mit Dir sprach,
Das And're hört' ich nicht hernach,
Schien mir auf keinen Rausch zu deuten.

Voland.

Ja, ja! So geht's den klugen Leuten,
Die selbst die Fliegen husten hören! [Bestimmt]
G'rad die sind leichtlich zu bethören!

Fust [wendet sich zum Gehen].

Mich thörst Du nicht!

Voland [rasch].

Das käm' d'rauf an!
Mich lüstet's nach so schmuckem Mann!

Fust [geschmeichelt, wendet sich schnell].

Nun gut! Wird Dir es je gelingen,
Mit Deinem Witze mich zu zwingen,

Dann sollst Du Unrecht auf mich haben!
Merk' wohl — mit Deinem Witz!

Voland [verneigt sich].

Die Gaben
Sind gleich verteilt! Es gilt, [hält ihm die Hand hin]
schlagt ein!

Fust [stolz sich abwendend].
Mein Wort muß Dir Genüge sein!

Voland [humoristisch].

Nun seht! Ist hier wohl Graus und Nacht,
In denen sonst den Pakt man macht?
[Blinzelt zur Sonne.]
Dort oben brennt — das große Licht,
Und Zauberei giebt's nirgend nicht!
Zwei Männer thun im Witz sich üben,
Und nichts soll diese Freude trüben! [Lacht auf]
Ich dächt', wir stiften einen Orden.

Fust [lacht ebenfalls].
Der Teufel ist gemütlich worden!
[Wendet sich zur Seite.]

Voland.
Nur nicht so laut! Es braucht zu wissen
Nicht Jeder, wessen ich beflissen!

Fust [hat in die Schmiede hineingesehen].
Da kommt der Wernher wieder an.
[Weicht zurück und schlägt die Hände zusammen.]

2

Herr Gott, wie übel sieht der Mann! [Zu Voland:]
Sag' an, was ist mit ihm geschehen?

Voland [zweideutig].

Ich kann nichts Unrechts an ihm — sehen!

Fünfter Auftritt.

Voland. Fust. Wernher. Später Käthe.

Fust [auf Wernher zu].

Was ist Euch, lieber Wernher! sprecht?

Wernher [wankt todtenbleich aus der Schmiede].

Herr Go . . . [bringt das Wort „Gott" nicht heraus.]
oldschmied, mir ist grauslich schlecht!

Fust [auf Voland deutend, der höhnisch lacht].

Hat Der dort Euch was eingegeben?

Wernher [sieht jetzt erst Voland].

Der Schuft er soll nicht länger leben!
[Er reißt seinen Handdolch heraus und stürzt auf Voland zu.
Dieser hält ihm seinen Raufdegen entgegen, in den Wernher
rennt. So wie der Degen Wernhers Brust berührt, zersplittert
derselbe. Wernher kommt zu sich, und da er sich unverwund-
bar glaubt, so jubelt er auf:]

Haha, es war von mir nur Scherz,
Komm' in die Arme, Bruderherz!

[Er umarmt Voland.]

Fust [zu Wernher].

Ahnt Ihr, wer dieser Fremde ist?

Wernher.

Mein Freund und Bruder, daß Ihr's wißt,
Und wer was Andres wagt zu sagen [droht Fust]
Den packe ich sogleich beim Kragen!

Fust.

Ihr habt durch dummen Firlefanz
Verloren Eure Klugheit ganz!

Wernher [lacht].

Ich klug? Das hör' ich's erste Mal!
Die Klugheit war nie meine Qual,
Dreinschlagen konnt' ich nur allein,
Und jetzt erst recht . . .

Voland [zupft Wernher am Arme und sagt leise].

Mußt stille sein!

Wernher [besinnt sich].

Ja so!
[Sieht Käthe in die Hausthüre treten und wendet sich zu Fust.]
Vergeßt die Klugheit nicht,
Wenn's [mit Hohn] alte Herz als junges spricht!

Fust.

Weiß selbst, was mir zu thun das Best'!
[Er geht rasch auf Käthe zu, die in der linken Hand ein kleines
Bündelchen trägt, und beide setzen sich auf die Bank vor der
Tanzlinde. — Man hört den Zug von S. I. aus der Ferne
zurückkommen.]

Voland [droht Fust nach, halblaut].

Dich halt' ich an zwei Seilen fest,

2*

Und jetzt schon, Chor! Denn Sinnlichkeit
Und Neugier hilft mir alle Zeit! —

[Zu Wernher, der dem Zug entgegen sah.]

Darfst's Keinem auf die Nase binden,
Daß Du nicht bist — zu überwinden!

Wernher.

Verzeiht, es fuhr mir so heraus!

[Ruft in das Haus:]

He, Wein her, und auch guten Schmauß,
Sonst soll der Teufel 's Licht Euch halten!
Noch hab' ich hier allein zu schalten. —

[Er setzt sich mit Voland an den Tisch, den er verquer an das
Gebüsch rückt.]

Sechster Auftritt.

Vorige. Peter. Kunrad.

[Peter stellt zwei mächtige Krüge voll Wein auf den Tisch; und
Kunrad hat auf einem großen Holzteller ein rundes Brot und
ein großes Stück gebratenes Fleisch.]

Voland [zieht, wie Wernher, sein Dolchmesser zum Essens-
gebrauch. Protzig zu Peter].

Wir sind hier Herrn, und Ihr der Knecht!

Peter [stemmt sich auf den Tisch].

Wer seid denn Ihr? Mit welchem Recht ....

Voland [zieht Peter zu sich herab, und schreit ihm ins Ohr].

Ich bin der Teufel!

Peter [schreit auf und reißt sich los].

Gott soll schützen! [läuft fort.]

Kunrad [dem das Brot vom Teller in die Luft fliegt, läßt das Fleisch fallen und rennt aufschreiend dem Peter nach, an den er sich anklammert].

Fust und Käthe [stehen lauernd hinter der Linde].

Werner [lacht aus vollem Halse].

Der beste ist's von Euren Witzen!

Siebenter und letzter Auftritt.

Vorige. Schmiedkasper [mit seinem Bären]. Bursche, Mädchen und Musikanten kommen lärmend von S. l. hinten herein.] Später Landsknechte und Schneider.

Peter [stürzt auf Kaspar zu und deutet auf Voland, zitternd].

Hilf, Kasper, hilf! Dort steht der Teufel!

Schmiedkasper [ruhig].

In Schiltigheim? Da heg' ich Zweifel!

Kunrad [hat Fust und Käthe entdeckt. Er schleppt Fust vor und ringt mit ihm].

Nein, hier ist er, ich halt' ihn fest!

Fust [schleudert Kunrad zu Boden].

Verflucht sei's ganze Narrennest!

Schmiedkasper [packt Fust, an dem sich Käthe anklammert. Wütend].

Ein Narrennest? Nehmt's Wort zurück!

Kunrad [hat sich aufgerafft. Wimmernd].
Er raubt mir Käthe, all' mein Glück!

Bursche [ziehen ihre Messer und umringen Fust].
Schlagt ihm die Knochen doch zu Brei!
[Die Mädchen entfliehen aufschreiend.]

Wernher [geht hin und reißt den Knäuel auseinander].
Halt an! Da bin ich auch dabei!

Peter.
Auch der ist wie der Teufel schlecht!

Wernher [schlägt Peter mit der Faust zu Boden].
Nimm das, Du frecher Bauernknecht!

Schmiedkasper [reißt sein Messer heraus].
Steht's so? Dann nimm Dich nur in Acht!

[Die Bauernbursche umringen Wernher und zücken alle ihre Messer auf ihn.]

Wernher [steht breitbeinig da, stemmt die Arme und sagt lachend].
Stecht zu!

Voland [ist auf den Tisch gestiegen und ruft mit gewaltiger Stimme].
Zurück!

Alle [lassen von Wernher ab und sehen entsetzt auf Voland, der seltsame, beschwörende Geberden macht].

Voland.

Urmutter Nacht,
Mach' Aller Augen völlig blind,
Die nicht in Deinen Diensten sind!
[Urplötzliche, tiefe Finsternis.]

Fust und Käthe [enteilen nach S. r. hinten].

Alle Bauern [sinken in die Kniee und murmeln].
Hilf, heiliger Gott!
[Es wird wieder hell.]

Wernher [auf Voland zu].
Dort läuft der Fust
Und Käthe hin!

Voland [vom Tische springend].
Das ist es just,
Was ich gewünscht. — Laß Beide laufen,
Und ordne Deinen Söldnerhaufen!

Wernher [reißt seine Hellebarde heraus und ruft dem Musikanten
mit der Trommel zu].
He, Trummler her, [der Trommler kommt vor]
und schlage frisch
Dein Pummerlein! Das lockt die Fisch!
[Der Trommler wirbelt.] [Mit aller Kraft:]
„Her, her, ihr frummen Landsknecht gut!"

Landsknechte [in buntester Tracht eilen von allen Seiten
herbei, tumultuarisch].
Frisch zugestutzt, giebt frischen Mut!

Wernher [kommandiert].

In Ordnung, Rott!

Landsknechte [ordnen sich in zwei Reihen vor dem Dorfkruge].

Alle Bauern [schleichen demütig auf die S. r. und verkriechen sich zumeist in die Dorfschmiede, aus der sie neugierig hervorlugen].

Wernher [ordnet und mustert vergnügt die Schar und ruft den andern Musikanten zu, welche noch immer auf der Bank stehen].

He, Musikanten,
Nun pfeift und trommelt Euch zu Schanden!

Die Musikanten [setzen sich an die Spitze der Landsknechte, welche auf einen Wink Wernher's vor ihm und Voland vorbei nach S. r. hinten abmarschieren. An die Landsknechte schließen sich die vier Schneider an, abenteuerliche, teilweise verkrüppelte Kerle, die mit ihren großen Scheeren spaßhaft nach den Bauern schnappen].

Voland [hängt sich in Wernher's rechten Arm ein. Sie schließen den Zug und Voland sagt zu den Bauern, indem er ihnen eine Nase dreht].

Den Kindern lehrt den schönen Reim: [im Dialekt]
„So trieb's der Teufel z' Schiltigheim!"

Der Vorhang fällt.

——— ▬ ———

Fust und Gutenberg.

Erste Abteilung.

Personen.

Hans Hülß von Cöln, Dombaumeister
Andre Ritte, erster Schüttenmeister } in Straßburg.

Johannes Gutenberg, Patrizier
Johannes Fust, Bürger und Goldschmied } aus Mainz, beide exiliert.

Enneline zum isern Thurm, Ehegespons des Gutenberg.
Wernher Knochenhauer, Landsknecht-Waibel.
Käthe Schönlein.
Kunrad.
Meister Hämmerlein.
Der krumme Mainzer Jobst, erster Gehülfe Gutenberg's.
Adam Schwarz, Astrolog aus Krakau. [Voland.]
Asmodi, ein Zwerg.

Zeit: Winter 1444.

Ort der Handlung: Das Haus Gutenberg's in Straßburg.

Gutenberg's Wohn- und Studierstube zu ebener Erde. — Im Hintergrunde ein sehr breites, hohes und halbrundes Fenster, dessen unterer Teil mit einem grünen Vorhange verdeckt ist. An dem Fenster ein Antritt, auf dem S. l. ein hoher Lehnstuhl steht, und vor demselben ein Spinnrocken. Neben dem Fenster S. r. eine schmale Thüre, welche auf die Straße führt. In der linken Wand, dicht neben dem Antritte, eine Thüre, welche in die anderen Wohnräume führt. Neben der Thüre an der linken Seite ein großer Kamin, der bis in den Vordergrund reicht. Auf seinem Gesimse stehen seltsam geformte Phiolen, Becher, Büchsen und Flaschen. — Im Kamine brennt ein großes Feuer. In der rechten Seitenwand, in der Mitte, eine Thüre, welche in die Werkstatt führt. S. r. vorne auf der Bühne, der Arbeitstisch Gutenberg's, mit Scripturen, Zeichnungen, Holzstöcken zum Drucken und größeren und kleineren Holzbüchsen, wie sie die Apotheker führen, Tintenzeug und alles zum Schreiben und Zeichnen Nötige, voll bedeckt. An der Breitseite des Arbeitstisches steht ein großer Lehnstuhl.

Erster Auftritt.

Gutenberg. Enneline. Später Käthe.

Gutenberg [steht am Kamin und reibt mit dem Stößer eine
schwarze Salbe in einer steinernen Reibschale].

Wie ich beginne auch die Sach',
Es will nicht fördern, will nicht rücken,
Und nimmermehr scheint es zu glücken,
Daß ich's nach meinem Sinne mach!

[Er geht zum Tische, probiert die Schwärze, welche er zwischen
zwei Lederballen verreibt, einen Holzstock damit betupft, den
er dann auf's Papier abdruckt, und über den Abdruck leicht
mit dem Aermel hinfährt.]

Ich kann die Schwärze nimmer finden,
Die dienlich ist zu meinem Werk! [humoristisch]
Da wär' es dienlich, wie ich merk',
Sich mit dem Teufel zu verbinden!

Enneline, [die am Fenster sitzt und spinnt, bekreuzt sich].

Hilf Gott! Sprich nicht den Namen aus,
Er paßt nicht in ein frommes Haus!

Gutenberg [ohne sich umzusehen, scharf].

Doch würd' es zu dem Hause passen,
Wenn ich thät' als Patrizier prassen,
Um Deiner Sipp' zu machen Ehr',
Was wohl zum — Teufelholen wär'!

Enneline [gereizt].

Schon wieder?

Gutenberg [gelassen].

Lasse mich in Ruh'!
Geh' auf der Gasse Du spazieren,
Wo mancher Fant Dir mag hofiren;
Schau' nicht bei meiner Arbeit zu,
Die Wams und Hände mir befleckt, [lachend]
Als hätt' beim Teufel ich gesteckt!

Enneline [steckt die Spindel in den Wocken und springt auf].

Nun ist's genug! [kommt vor] Ich dachte mir,
Zu nehmen einen Mann in Dir,
Der adlig ist, von feinen Sitten . . .

Gutenberg [wendet sich mit seinem Stuhle zu ihr].

Als Tagedieb gar wohl gelitten!
Und grenzenlose Scham Dich faßt,
Daß einen — Handwerksmann Du hast! —
[Humoristisch.]
Ja schau'! Als Gott erschuf die Erden,
Da war es pfaffenfinst're Nacht!
Er — selbst ein Licht — hat Licht gemacht,
Daß es im Menschen hell soll werden!
„Mehr Licht!" ruf' ich zur Welt hinein, [lacht]
Mir fehlt nur Schwärz' zum — Sonnenschein.

Enneline [hat ihren Radmantel umgeworfen, der an der
Thüre S. l. hing und reift].

Du bist ein Narr, dem sein Erfinden,
Durch das er reich zu werden glaubt,

Die Sinne hat bald ganz geraubt,
Der sich zuletzt noch tot wird schinden!
Ich will nur in den Münster geh'n,
Und Gottes Hilf' fürs Haus erfleh'n!

[Oeffnet die Thüre S. l. und ruft hinaus:]
Komm, Käthe!

Käthe [in die Thüre tretend, als Bürgermädchen angezogen].

Habe noch zu schaffen;
Laßt mich im Haus!

Enneline [böse].

Thust wieder gaffen,
Ob nicht der and're Nichtsnutz käm',
Und Dich in seine Arme nähm'? —
Nun gut! Ein Jeder nach Gefallen!

[faltet die Hände]
Sei gnädig, Herr — uns Sündern allen!
[Sie geht eilig durch die Mitte ab, und wirft die Thüre heftig
hinter sich zu.]

[Kleine Pause.]

Gutenberg [der Käthe mitleidig ansah, streckt ihr die Rechte
entgegen].
Du armes Kind!

Käthe [stürzt Gutenberg zu Füßen und küßt seine Hand].

O, Meister mein,
Die Hölle wühlt in meinem Herzen,
Daß ich nun für ein thöricht' Scherzen,
Erleiden muß so schwere Pein! [Gutenberg will reden]

Sagt nichts, den Frevler zu beschönen,
Der mich, das junge, dumme Blut,
Nur für ein Spielzeug halten thut,
Deß er sich baldigst wird entwöhnen!

[Springt auf.]

Er soll es aber werden inne,
Daß ich, die's Vaterherz verstoßen,
Die er gemacht zur Heimatlosen,
Mich heft' an ihn als Teufelinne! —

Gutenberg [zieht Käthe zu sich].

Gieb nicht dem Groll Dich hin zum Raube!

Käthe [schlägt die Hände vor das Gesicht und sagt im schmerz-
lichsten Weheton].

O Herr, er machte mich zum Weib! —
Ihm war es nur ein Zeitvertreib,
Mir aber riß der Kinderglaube,
Und ohne Glauben wag' ich nicht,
Mich an des Herrgott's Sonnenlicht!

[Mit verzweiflungsvoller Geberde.]

Wie Nacht ist's mir im Kopfe drinnen,
Da kann nur Schlimmes sein mein Sinnen!

Gutenberg [vor sich hinbrütend].

Den Kinderglauben einer Welt
Zu nehmen, hab' als Ziel gestellt
Ich mir! — Soll dieses Beispiel halten
Mich nun zurück? — Nein! Mag gestalten
Sich auch zum Schlimmen erst mein Thun,

Der Kern, der drinn ist, birgt das Licht,
Und eine Stimme in mir spricht:
„Du darfst im forschen nimmer ruh'n!"
[Richtet sich wieder empor.]
Schau, Käthe, hab' fürwahr nicht Lust,
Das Spiel zu loben, das der fust
Mit Dir, Du Aermste, hat getrieben;
Doch sag' ich: Nicht allein vom Lieben
Lebt nur der Mensch! Es gibt noch Pflichten,
An denen er sich auf kann richten,
Und die — er darf darum nicht bangen —
Wohl für ein ganzes Leben langen!

Käthe [die falsch versteht].

Von Pflichten sprach auch Eure frau,
Die Euch an jenen — Bösen fesseln,
Und die Euch brennen wie die Nesseln,
Nur müßte sie's noch nicht genau!

Gutenberg [steht auf — sehr ernst].

Der Männer Thun strebt weit nach Außen;
Wenn Weiber sich darein erst mengen,
Muß es verkleinern sich, verengen,
Weil sie versteh'n nur kleinlich Hausen! —
Gott gnade, wird es anders werden;
Denn ist das Weib nicht Hausfrau mehr,
Verschwinden Sitte, Zucht und Ehr'
Im Sinnenansturm auf der Erden!

Käthe [zaghaft].

Und so ein arm Geschöpf wie ich?

Gutenberg.

Auch Du haſt Pflichten ſicherlich,
Und ſind ſie ſchwerer als die andern,
So denk': Nicht Jeder kann da wandern
Auf eb'nem Weg mit friſchem Mut,
Sei er auch ehrlich, treu und gut! [faßt ihre Hände.]
Ich hab' kein Kind, und bei dem Weſen
Der Enni wird ſie kaum geneſen
Je eines ſolchen! — Nicht Berather
Allein, ich will Dir ſein auch Vater!

Käthe [ſieht Gutenberg verzückt an].

Mein Vater?! [Läßt das Haupt ſinken.]
    Darf ich denn noch ſprechen
Das Himmelswort, das ich verſcherzt?

Gutenberg [ſchließt Käthe in ſeine Arme].

Ein Vater iſt es, der Dich herzt,
Der milde denkt von Menſchenſchwächen!

Käthe [macht ſich ſanft los und ſieht Gutenberg in die Augen].

Und — Er, der mich that ſchlimm berücken —?

Gutenberg [zum Himmel deutend].

Mag ihn die Schuld — einſt nicht erdrücken!

Zweiter Auftritt.
Vorige. Jobſt.

Jobſt [ſtreckt ſeinen rothaarigen Kopf zur Thüre S. r. herein].

He, Meiſter, kommt, der Fuſt iſt da,
Auch Hültz und der urweiſe Ritte,

Der denkt, weil er Karthaunen-Schütte,
Durch's dickſte Brett er immer ſah!
[Verſchwindet wieder.]

Gutenberg [ſtreicht Käthe ſanft über das Haar].

Nun ſei nur wieder gut geſinnt,
Und während Enneline betet,
Beim Schwätzen ſich gewiß verſpätet,
[Deutet auf den Spinnrocken.]
Mein Käthchen ſchön als Hausfrau ſpinnt!
[Er nimmt die Reibſchale und den Stößel auf, mit denen er
vorher hantierte und geht mit freundlichem Gruße S. r. ab.]

Dritter Auftritt.

Käthe. Dann Fuſt.

Käthe [kreuzt die Hände über die Bruſt und ſieht Gutenberg
nach].

Wie wohl ſolch' treue Stimme thut
Dem gramzeriſſ'nen, armen Herzen;
[Geht zum Kamine und ſchürt das Feuer.]
Es iſt, als ob viel tauſend Kerzen
Die Nacht mit Eins erhellen gut!
[Eine große Flamme ſchlägt im Kamine empor. Käthe weicht
aufſchreiend zurück.]
Hilf Gott! — Iſt das ein übles Zeichen,
Weil Groll im Herzen nimmer weichen,
Gleich eingeſchloſſ'ner Flamme mag,
Die ausbricht dann auf einen Schlag?
[Eilt zum Spinnrocken und ſetzt ſich zurecht.]

3

Will nimmer denken, nimmer sinnen,
Ein neues Leben geht nun an,
Das alte, es sei abgethan! —
Nun Arbeit hilf, will wacker spinnen!

[Sie dreht emsig die Spindel und beginnt frisch ein Volkslied.]

„Ein Mägdlein wollt’ zum Tanze geh’n...“

[Unterbricht sich rasch.]

Nein, nein, ich tanze nimmermehr,
Es war zu schlimm für mich die Lehr’!

[Legt die linke Hand sinnend an das Kinn und beginnt, ohne
zu spinnen, schwermütig.]

„Mein Schatz geht drauß’ voll Ehre
Einher in stolzer Pracht,
Ich gräme und verzehre
Mich still in stiller Nacht!

Soll ich den Schmerz nur tragen
So kummervoll allein?
Ach, eitel ist das Klagen,
Und mehret nur die Pein!

Mein Herz, was bist Du wunde,
Und gar kein Hoffnungsstrahl;
Gesunde, ach gesunde —
Erliege Deiner Qual!“

[Sie schlägt die Hände vor das Gesicht und weint bitterlich.]

Fust [im Arbeitsanzuge, öffnet leise die Thüre S. r. schon zu
Ende der zweiten Strophe und lauscht. Als Käthe weint, tritt
er erst ein und sagt halblaut].

Sie ist zu lieb! Der Hans hat Recht,
Sie zu verlassen, wäre schlecht!

Das heißt: für jetzt; denn späterhin
Steht mir ein Dorfkind nicht zu Sinn!
Ausstatten will mit Geld und Gaben
Ich vor dem Fortzieh'n sie so gut,
Daß keine Sorg' sie drücken thut,
Jetzt — will ich meine Freude haben!

[Geht leise zu Käthe und sagt zärtlich.]

Lieb' Käthchen!

Käthe [welche glaubt, daß es Gutenberg ist, der sie ermahnt,
wischt sich die Augen mit der Schürze].

Zürnt nicht, Vater mein!

Fust [lacht].

Nicht Vater, Freund will ich Dir sein!
[Greift nach ihrer Hand, welche die Spindel erfaßt.]

Käthe [sieht Fust an, erkennt ihn und stößt seine Hand zurück.]

Fort, Frevler, und berührt mich nicht!
[Sie springt von dem Antritte herab und will durch die Thüre
S. l. fort.]

Fust [verhindert es und zieht sie in die Stube zurück].

Der Zorn, der aus den Augen spricht,
Erhöht nur meine Liebesglut.
Komm, Käthe, sei mir wieder gut!

Käthe [hat sich losgerissen].

Verachtung hab' ich nur für Euch,
Der eine arme Bauerndirne
Belogen hat mit frecher Stirne,
Verführt . . . .

3*

Fust [fällt ihr in die zornige Rede].

Es war ein schlechter Streich;
Doch vieler Wein ist übermächtig!
Da sei ein Anderer bedächtig,
Wenn er das Blut zum Sieden rührt!

Käthe [in ausbrechendem Jammer].

Und wohin habt Ihr mich geführt
Zu Tanz und Spiel in Saus und Braus?
Hilf Himmel — in das Frauenhaus! [Mit Hohn.]
Da war denn das Patrizierfest! —
[Ringt die Hände.]
Wär' es nur anderswo gewest,
Und hättet Ihr mit falscher Zungen,
Zu Eurem Willen mich gezwungen,
Ich sagte: Wohl! ich muß es büßen,
Daß ich leichtfertig mitgegangen,
Nach eitlem Glanze trug Verlangen,
Wär' heimgefloh'n mit wunden Füßen! —
[Schluchzt.]
So aber — Gott trug kein Erbarmen
Mit mir, dem Kind, dem dummen, armen —
Wurd' ich durch all den Glanz betrogen,
Den feile Lust um sich gezogen,
Und Ihr — Euch that man höchlich preisen
Und alle Ehr' und Lieb' erweisen,
Das blendete mir alle Sinne!

Fust [rasch].

Und Du erlagst der Macht der Minne!

Käthe [fährt empor].

Nennt „Minne" nicht! — Das heil'ge Wort
Es mag in Eurem Mund ersticken,
Der Ihr mich jetzt mit frechen Blicken
Verschlingt, wie an dem schlechten Ort! —

[Sich scheu umsehend.]

Ich zitt're, wenn die Hausthür' geht,
Daß dann der Büttel vor mir steht,
Will nicht die fremde — Dirne dulden

[streckt zornig die Hände nach Fust.]

Und Alles nur, durch Dein Verschulden!

Fust [weicht zurück und sagt begütigend].

Hab' ich Dich nicht hierhergebracht,
Nach jener unglücksel'gen Nacht,
Die ich verwünsche jetzt zur Stelle
Hinunter in die tiefste Hölle?!

Käthe [ruhiger, aber fest].

Macht nicht viel Worte, falscher Mann.
Ich konnte einmal sündig fehlen;
Doch dürft Ihr sicher darauf zählen:
Nie mehr erlieg' ich Eurem Bann! —
Ein Vaterhaus hab' ich gefunden,
Und daß ich's nicht verlier' auf's Neue,
Soll helfen nimmermüde Reue,
Und reger Fleiß zu allen Stunden! — —

[Geht zu ihrer Spindel.]

Verlaßt mich d'rum! — Mein ganz Empfinden
für Euch soll's Wörtlein „Eckel" künden! —

Fuſt [ſieht Käthe erſtaunt an].

In anderm Licht erſcheinſt Du mir!
Ich habe — Achtung faſt vor Dir;
Von der zur Liebe iſt's nicht weit!
Bedenk' das wohl zur rechten Zeit!

Käthe [ſteht auf dem Antritte und richtet ſich hoch auf].

Ich will nichts Anderes bedenken,
Als daß die neuerwachte Luſt,
Sich tief hinein in Eure Bruſt,
Als eine ſtete Qual mag ſenken,
Und daß mein Anblick mag entzünden,
Die Gier nach meinem armen Leib;
Doch glaubt: Die Ihr gemacht zum Weib,
Ihr ſollt ſie hart wie Demant finden!

Fuſt [wütend].

Du willſt den Kampf? Nun gut: Wer übt
Selbſt an dem Teufel ſeinen Witz,
Dem iſt er auch bei Dir wohl nütz,
Die ſich zuletzt gefangen giebt!

Käthe [ſtolz].

Verſuch's! Der Ihr dem Böſen zollt,
Und es mit ſchändlichem Erfrechen,
So ohne Scheu wagt auszuſprechen,
Die „Meiſterin" Ihr finden ſollt! —
Wüßt' ich den „Böſen" nur zu finden,
Ich wollt' mich gleich mit ihm verbinden,
Und Dich zu qäulen nimmer ruh'n,
Um meiner Rache g'nug zu thun!

Fuſt.

Wer ſo viel Haß im Herzen trägt,
Dem — heimlich — es in Liebe ſchlägt!
[Es pocht an der Mittelthüre]

Käthe [flüchtet ſich nach Seite links]

Hilf Himmel! Mag's der Büttel ſein?

Fuſt [mit ſataniſchem Ausdrucke].

Noch nicht! [Geht zur Thüre und öffnet.]

Vierter Auftritt.

Vorige. Wernher und Kunrad.

Fuſt.

Herr Wernher, Ihr? Herein!
Geſchwind! [Betrachtet Wernher.]
Beim Blitz, wie ſeht Ihr aus?!

Wernher [die Stirne breit verbunden, den linken Arm in einer
Schlinge tragend, hinkt herein und zieht Kunrad nach ſich].
[Mit Humor.]

Wie Einer, der beim Schwyzer Strauß
Sich tollkühn hat in's Zeug gelegt,
Und nun das Willkommszeichen trägt,
Trotzdem er . . . das gehört nicht her!
[Plötzlich ernst:]
Dort für die Käthe bring' ich Mär! —

Käthe [eilt zu Kunrad mit dem Aufſchrei].

Mein Vater . . .?

Kunrad.

Ging zum Himmel ein!

Käthe.

Und ich verflucht? O Not und Pein!

Wernher.

Wer sagt das? — Doch ... ich muß mich setzen
[Fust und Kunrad tragen den großen Lehnstuhl in die Mitte.]

Wernher [setzt sich]. [Käthe kniet links und blickt zu
Wernher auf.]

Ein Schuß that mir das Bein verletzen,
Ein Stich ging durch die linke Hand,
Ein Hieb raubt mir den Rest Verstand!
In Schiltigheim da blieb ich liegen,
Als ich so heimkam von dem — Siegen! —
Ich war, wie man sagt „windelweich",
Als wieder in den Krug ich kam;
Der Feldscher meint: ich wäre zahm,
Und ließ mich betten. 's wahr sehr weich,
Ein Strohsack und ein Pfühl dazu;
Denn in das „Bett" zur letzten Ruh',
Hat sich der Peter selbst gelegt,
Und Beid' uns eine Stube hegt.
[Er greift nach seinem Kopfe, als ob ihm das Reden Mühe
machte.]

Kunrad.

Herr Wernher thut Euch nicht so quälen,
Laßt lieber mich die Sach' erzählen!

Wernher.

Thu's Kunrad; denn es schmerzt der Kopf
Gar sehr den — teufels=festen Tropf! —

Kunrad.

Es war des Vetters letzte Nacht,
Und hielt ich bei ihm treue Wacht,
Da richtet er im Bett sich auf,
Und sagt voll Angst: „Mein Kunrad, lauf',
Und hol' den Pfaffen mir herbei!"
Da macht Herr Wernher ein Geschrei:
„Wenn der kommt in die Stub' herein,
Zerschlage ich ihm Arm und Bein! —
So Du was am Gewissen hast,
Sag' mir es Deinem frummen Gast;
Ich bin aus einer heil'gen Stadt,
Die Pfaffen mehr als — Menschen hat!"

Wernher (lacht).

Das leuchtete dem Peter ein . . .

Kunrad.

Und er begann in schwerer Pein:
„Wie sehr ich allen Wein getäuft,
Sich auf so viele Faß beläuft,
Daß ich es Euch bei'm besten Willen
Mit Einemmal nicht kann enthüllen!"

Wernher.

Absolvo te in allen Gnaden,
Den Bauern bracht' es keinen Schaden!

Kunrad.

So war es; doch der Peter stöhnt:
„Ich sterbe dennoch unversöhnt;
Denn — Käthe, die entlaufen ist,
Mein Kind nicht war, daß Ihr's nur wißt!"

Käthe [aufstehend, in athemloser Spannung].

Nicht sein? Weff' denn? Hat er's gesagt?

Kunrad [fortfahrend].

„Es bracht' sie eine feine Magd,
Die nannte aber keinen Namen,
Thät' Gold und Edelstein auskramen;
Das sollte einst, wenn's Kind wär' groß,
Ihm fallen all' in seinen Schooß!"

Wernher.

Da rief ich: Kerl! Hast Du's verthan? —
Er nickte nur, sah starr mich an . . .

Kunrad.

Doch ich vernahm sein letztes Wort:
„Herr, segne Käthe — immerfort!" —

Wernher.

Der Segen von solch' altem Schuft
Zumeist in leeres Nichts verpufft;
Doch hier kommt's anders! — Wie ein Sohn
Pflegt Kunrad mich, und als ich war
Nun besser, macht er offenbar,
Daß er sich Eins ausbät' als Lohn:

Ich sollt' beim lieben Kätherlein
Für ihn — Freiwerber freundlich sein!

Käthe [weicht zurück].
Um Gott!

Fust [rasch einfallend].
Dem Gutenberg kaum passen
Wird es, die Tochter geh'n zu lassen!

Wernher [erstaunt]
Die Tochter? Ist denn Käthe hier
Sein Kind?

Fust.
Seit heut, Herr Wernher!
Wir Beide sorgen für sie ferner!

Käthe [stolz].
Herr Goldschmied spart die Mühe Ihr!
[Zu Kunrad.]
Thust Du Dich scheuen nicht vor mir?

Kunrad.
Wär' ich gekommen sonst zur Stadt,
Die nur in Dir mein Kleinod hat?!

Käthe [mit Entschluß].
So komm!! Auch ich will Dir erzählen,
Und dann magst Du — das Kleinod wählen!
[Sie geht mit Kunrad S. l. ab.]

Fünfter Auftritt.

Fuſt. Wernher.

Fuſt [bei Seite].

Sie hetzt den Kerl mir auf den Hals!

Wernher [greift ſich an den Kopf].

Herr, das verſteh' ich keinesfalls!

Fuſt.

Ich werd' es ſpäter Euch berichten! —
Nun ſagt: Was treibt Ihr für Geſchichten?
Ich denk' — Er hat Euch feſt gemacht.
Hielt nicht ſein Wort der Geiſt der Nacht? —

Wernher [wütend lachend].

Es war erſtunken und erlogen,
Der Höllenhund hat mich betrogen!
Er machte eine ſchwarze Schmier',
Hielt einen Stempel auch bereit,
Mit dem ſollt' ich vor jedem Streit,
Ein ſchwarzes Mal am Arme hier
[auf die Innenſeite des rechten Vorderarmes deutend]
Aufdrücken, dann — würd' feſt ich ſein. —
Das Donnerwetter ſchlag darein,
Ich that mir Hemd und Arm beſchmutzen,
Und wollte doch der Dreck nichts nutzen!

Fuſt [forſchend].

Und war kein „Aber" bei dem Schenken?

Wernher (faßt sich an den Kopf).

Hm — nein! Ich sollte nur nicht denken
Bei'm Salben an gottheil'ge Sachen!
Darüber kann ein Landsknecht lachen!

Fust [immer forschend].

Nun sagt: An was habt Ihr gedacht?

Wernher [frisch].

Ob wohl mein Mütterlein gelacht
Beim Schwärzen hätt', und auch ihr Wort
Gesagt: „Sei brav an jedem Ort!"

Fust.

Dann hat der Teufel nicht gelogen,
Ihr selbst habt Euch um's Glück betrogen;
Man sagt: Nichts Heiliger's auf Erden
Als eine Mutter mag uns werden!

Wernher [rasch empor sich hebend].

Steht's so?! Dann will ich gerne leiden!
Vom Denken an mein Mütterlein
Kann mich — beim Teufel — selbst die Pein,
Der letzten Lebensnot nicht scheiden!

[Greift in seine Hosentasche und zieht eine kleine, schwarze
Blechbüchse heraus.]

Den Stempel hab' ich längst verschmissen,
Nun kann ich auch die Schmiere missen!

[Er will das Büchschen in den Kamin schleudern, doch:]

Fuſt [fällt ihm in den Arm und nimmt ihm die Büchſe ab].

Halt an! Wir wollen erſt beſehen,
Woraus die Salbe mag beſtehen!

[Oeffnet die Büchſe, riecht an der Salbe.]

Wernher [lacht herzlich].

Verzeiht, daß ich da lachen muß;
Nur Leinöl iſt's und Kohlenruß!
Vom Lämpchen hat er's Oel geſtohlen,
Und Ruß giebt's viel bei Schmiedekohlen! —

[Neugierig Fuſt zuguckend.]

Wollt Ihr dem Teufel Kundſchaft geben?

Fuſt [hat einen Lederballen mit der Salbe betupft, dann dieſelbe
verrieben, eine der Holzlettern genommen, auf dem Ballen
befeuchtet, und einen Abdruck auf Papier gemacht, den er mit
dem von Gutenberg gefertigten vergleicht].

Gewiß, wenn's Werk nur einfach iſt,
Wohin wir oft trotz aller Liſt,
Und allem Studio nicht kommen!
Habt Ihr denn niemals nicht vernommen,
Daß meiſt das Große einfach ſei?

Wernher [langt an ſeinen Kopf].

Herr Gott, dann iſt auch mein Verſtand
Wohl groß, den Jeder einfach fand?

Fuſt [deutet auf die kleine Büchſe].

Gewiß; doch macht kein arg Geſchrei!

[Die Büchſe ihm hinhaltend.]

Wie lang habt Ihr's bei Euch getragen?

Wernher.

Vier Monat sind's seit jenen Tagen,
[Auf seine Hosentasche klopfend].
Und hielt sie stets in warmer Hut!

Fust [das Gedruckte wieder betrachtend, halb für sich].

Drum ist der Firniß fest und gut!
[Zieht Wernher an sich. Vertraulich:]

Nun hört: „Seid brav auch hier am Ort",
Und saget keinem je ein Wort
Von dem, was Ihr mir da gegeben!
Ich will es lohnen Euch im Leben,
[Zieht einen Ring vom Finger.]

Und nehmt als Pfand den Demantring,
Den von der Mutter ich empfing!

Wernher [wehrt ab].

Schlimm wär's, wollt Ihr Euch davon trennen!

Fust [steckt Wernher den Ring an.]

Wer nach dem „großen Glück" thut rennen,
Dem darf vor Allem — Aberglauben
Das volle Geisteslicht nicht rauben.
Behaltet drum als Angedenken
Den Ring, bis ich kann Beff'res schenken!

[Er schiebt den Lehnstuhl zu dem Tische, setzt sich, und während
Wernher den Ring im Scheine des Kaminfeuers funkeln läßt,
schreibt Fust etwas auf den Probedruck, wickelt das Büchschen
in das Papier ein, und schiebt beides in die linke Brusttasche,
indem er murmelt.]

Nun Satan schau': Mein Witz hat Dich
Schon übertrumpft mit diesem Stich!

Sechster Auftritt.

Vorige. Adam Schwarz. Asmodi.

Bei den letzten Worten Fust's springt die Mittelthüre weit auf.
Fust fährt in die Höhe, und Wernher wendet sich erschrocken
um. In der Thüre steht Adam Schwarz in pelzverbrämter
Gelehrtentracht, und neben ihm guckt Asmodi, welcher einen
übergroßen Kopf hat, neugierig herein. Er ist in morgen-
ländischer Tracht.

Schwarz.

Verzeiht! Haust hier der Gutenberg?
Erschreckt nicht, Herrn, vor meinem Zwerg,
Asmodi ist gar brav und gut!

Asmodi [hat Kinderstimme und spricht mit Zähneklappern].

Wenn er nicht grausam frieren thut!

Schwarz [deutet mit seinem großen Stock auf den Kamin].

Dorthin!

Asmodi [springt wie ein Affe in den Kamin und kauert sich
zum Feuer nieder].

O schön!

Fust.

Was führt Euch her!

Schwarz.

Seid Ihr Hans Gutenberg, so wißt . . .

Fust.

Mein Nam' Johannes Fust nur ist.

Schwarz [verbeugt sich tief auf orientalische Art].

Das ist für mich so große Ehr',
Daß mir gewiß nichts lieber wär';
Denn wie die Fama mir verkündet,
Ist er der Arm und Ihr das Haupt,
Die sich zu einem Werk verbündet,
Von dem der Eingeweihte glaubt,
Es sei so groß und wundervoll,
Daß alle Welt drob staunen soll! —

Fust [geschmeichelt].

Noch sind im Anfang wir begriffen!

Asmodi [lacht].

Schon wird getrommelt und gepfiffen!

Wernher [der sich zurückgezogen hat, und immer scheu auf
Asmodi blickt].

Was nur mit diesem Kobold ist,
Der — hol's der Teufel — Feuer frißt?

Schwarz [streng verweisend zu Asmodi].

Sei vorlaut nicht, Du Schöpfungszwerg! —

Fust.

Wem melde ich Freund Gutenberg?

Schwarz.

Mein Nam' ist Adam Schwarz, zu dienen!
Was zeigt Ihr so erstaunte Mienen?

4

Fuſt [mit Staunen].

Der Magier und Aſtrolog?

Schwarz [einfach].

Aus Krakau, ja! und ſeht, es zog
Allein mich her in dieſe Stadt, [verneigt ſich]
Weil ſie zwei ſolche Weiſe hat!

Wernher [ſetzt ſich gähnend zum Fenſter].

Der iſt ſo voll von Artigkeiten,
Daß es mir Bauchweh thut bereiten!

Schwarz [wendet ſich zu Wernher].

Iſt der Herr Hauptmann etwa krank?

Wernher.

Nur Waibel! Nein, Gott ſei es Dank!

Schwarz [zuckt zuſammen].

Verzeiht! [Zu Fuſt] Es ſcheint nicht gut gelaunt
Der Herr.

Fuſt [heimlich].

Ihr wäret nicht erſtaunt,
Wenn Ihr des Armen Schickſal kennt.
Es hat ein — feindlich Element
Ihn an der Naſ' ſo derb geführt,
Daß er's am ganzen Körper ſpürt!

Schwarz [ebenfalls leiſe].

Ich will ihn heilen allſogleich!
Verſteht: mit magiſchem Beginnen.

[Macht gegen den einnickenden Wernher magnetiſche Striche.]

Fuſt.

Bei dem nutzt's nicht, verſicher' ich Euch,
Der wird dem Teufel ſelbſt entrinnen!

Schwarz [zweifelnd].

Der Landsknecht?

Fuſt [zeigt auf die Stirne].

Ja, 's iſt kaum zu glauben,
Dem kann die Unſchuld Keiner rauben!

Schwarz [lacht].

Ja ſo! Dann will ich gern bekennen:
„Zu dumm" thut's Thor der Höll' einrennen!

Fuſt [lacht ebenfalls, dann ernſt].

Ich will's dem Gutenberg nur ſagen,
Welch' hoher Gaſt nach ihm thut fragen!
[Verneigt ſich und S. r. ab.]

Schwarz
[ſich auf ſeinen Stock ſtützend, ſieht Fuſt nach. Diaboliſch:]

Dich hab' ich; denn durch jeden Ritz
Guckt Dir der Hochmut, daß Dein Witz
Schon glaubt: Du haſt zu allen Stunden
Dich mit dem Teufel abgefunden!
[Er beſchnüffelt die Sachen, welche S. r. auf dem Tiſche liegen.]

Wernher [im Schlafe].

Der Kerl — kam ſonderbar — mir vor —
Weiß nicht — was ich — von ihm — ſoll denken!
[Schnarcht weiter.]

4*

Schwarz [nimmt den Druckerballen, auf den just die Schwärze Werther's gestrichen hat, und beriecht denselben. Zu Asmodi gewendet].

Asmodi, Hund, richt' Dich empor!
Komm her, thu' Deine Nas' versenken
In diese Schwärze!

Asmodi [kommt auf allen Vieren herbei und riecht wie ein Hund an dem Druckerballen, den Schwarz ihm hinhält].

Edler Meister,
Riecht Ihr's denn nicht? 's ist Höllenkleister!
[Kriecht rasch wieder in den Kamin.]

Schwarz [schlägt sich auf die Stirne].

Daß ich nichts merkte! — Just hat dorten
Dem Landsknecht dumm, mit schlauen Worten
Die schwarze Salbe abgeluchst!
Pfui Teufel, wie der Streich mich fuchst!
[Er macht einen Gang zum Feuer, sieht in die Glut. Plötzlich tritt er in die Mitte, richtet sich hoch auf, und deutet mit der Hand nach unten.]

Nun höre allgewalt'ge Nacht
Den Bann und meine Aberacht,
Die ich auf dieses Werk gelegt,
Das uns'res Reiches Farbe trägt! —
„Das Gute nicht, das Böse nur
Es herrsche vor auf seiner Spur;
[Gegen die Thüre S. r. gewendet.]
Ein Teufelsreiz lieg' in der Schwärze,
Die Ihr gebraucht zur Weltlicht-Kerze!
Der Eitelkeit leist' sie Genüge,
Die Mutter ist zu Neid und Lüge;

Sie mach' den Freund zum ew'gen Feinde,
Zerstör' den Frieden der Gemeinde,
Laß' unduldsam die Welt verharren,
Und mach' aus Weisen — große Narren!
Ja selbst aus Euren heil'gen Drucken
Mag hinterrücks der Teufel gucken! [Voll Hohn.]
Und thut mit roten Initialen
Die Titel sorgsamlich bemalen,
Daß — Schwarz und Rot — die Lieblingsfarben
Von mir, das Erstrecht sich erwarben! —
Nun flattert lustig in die Weite,
[Er schlägt mit seinem Stocke auf die Drucke, welche durch die
Luft fliegen.]
Die Hölle giebt Euch das Geleite!"—
[Droht gegen die Thüre S. r. Er streckt beschwörend die Rechte
nach oben. — Blitz und starker Donner.]

Wernher [fährt erschreckt aus dem Schlafe auf, und greift
nach seinem Dolche].

Geht's los?

Siebenter Auftritt.

Vorige. Fust. Gutenberg. Hültz. Ritte. Jobst.
Später Frau Enneline.

Fust [rasch auf Schwarz zu].

Habt Ihr's vernommen?

Schwarz [ruhig].

's ist nichts Besond'res, kann vorkommen!
Bei solchem Wetter noch im Winter,
Sagt man: Es steckt der Lenz dahinter!
[Verbeugt sich vor den Herrn.]

Ich denke, Meister Fust hat mich
Den Herrn gemeldet sicherlich!

[Stets Verneigungen bei dem Vorstellen.]

Gutenberg.

Gewiß! Hans Gutenberg bin ich genannt!

Hültz [vornehm. Langer weißer Bart].

Hans Hültz, heiß ich, Herr Nekromant!

Ritte [sehr gut gekleidet, quasi Landsknechtsstutzer. Auf Fust deutend].

Und bei der Dreizahl edler Hänse
Ich nebenher, Heinz Ritte, glänze. [Lachend]
Mir ist, Herr Schwarz, das schwarze Kraut
Zu Blitz und Donner anvertraut!

Schwarz [zu Hültz].

Zum höchsten Glück zähl' ich im Leben,
Daß ich in Euer Antlitz schau',
Der Ihr dem Münster-Wunderbau
Durch seinen Thurm die Zier that geben!

Hültz [obenhin].

Viel Dank! Er steht nun schon sechs Jahr!

Gutenberg [schlingt den Arm um Hültz].

Und wird gewiß für immerdar,
Ein Denkstein sein dem deutschen Lande,
Daß Einigkeit nur bringt zu Stande
Das Höchste, was dem Volk kann nützen!

Ritte [prahlerisch].

Und mit Karthaunen thu' beschützen
Das Werk ich und die gute Stadt,
Die mich zum Schüttenmeister hat!

Schwarz [verneigt sich].

Ich weiß, der Ruf hat mir erzählt
Daß Ihr niemals das Ziel verfehlt!

Wernher [grob].

Oho!?

Ritte [auffahrend].

Was giebt es lieber Wernher?

Wernher.

Ich dachte dran, daß gen die Berner,
Und auch die Basler fehl oft ging,
So manches Eurer Donnerding!

Ritte [boshaft].

Man sieht's, es schlug allein die Wucht
Der Landsknecht Alles in die Flucht!

Wernher [fährt auf].

Heinz Ritte . . . ?!

Gutenberg [dazwischen].

Still; denn nicht im Kriege
Sind, Freunde, wir, und uns're Siege,
Sie wurzeln in des Friedens Boden;
Es gilt, den Krieg ganz auszuroden!

Wernher.

Haha! Nie nicht im ganzen Leben!

Ritte.

Das wollt' ich sagen auch soeben!

Schwarz.

Abwechslung ist allein das Rechte,
Heut' Ruhe, morgen frisch Gefechte!
Nicht wahr, Herr Fust, so laßt Ihr's gelten?

Ritte [vorlaut].

Da bin ich auch dabei, Potz Velten!

Hültz [mit Humor zu Ritte].

Ja, ja! Es guckt bei Euch zum Haus
Bald Männlein und bald Weiblein raus!

Alle [lachen].

Ritte [ärgerlich].

Wir sind hier Männer, bleibt vom Leibe
Mir heute doch mit meinem Weibe! —

Achter Auftritt.

Vorige. Frau Enneline [d. d. M.]

Enneline [tritt bei der letzten Rede Ritte's schon ein].

Das dürft' Frau Siegelind nicht hören!
[Geht zu Gutenberg. Scharf.]
Sag', Hans, thu' ich vielleicht auch stören?

Schwarz [verneigt sich].

Die Nähe solcher holden Frauen,
Ist nie als Störung anzuschauen!

Enneline [knixt tief. Neugierig zu Gutenberg.]
Wer ist's?

Gutenberg.

Herr Adam Schwarz aus Polen!

Enneline [knixt].

Solch' edler Gast, und Ihr steht trocken
Im Kreis, als hätt' nichts einzubrocken
Das Haus? [Wirft den Mantel ab.]
                Ja konnte denn nicht holen
Die Käthe Wein aus unserm Keller? [Scharf.]
Ist sie zu gut vielleicht?

Fust.

                Viel schneller
Ging's wohl, wenn unser Jobst von Mainz,
Der Kenntnis mehr hat guten Wein's,
Hinunter in den Keller ging,
Da Käthe grad Besuch empfing. —

Jobst [hinkt zu Frau Enneline, die ihm den Kellerschlüssel von
ihrem Bunde giebt. Jobst hinkt mit vergnügtem Grinsen S. l. ab].

Enneline.

Besuch? Ei schau! Woher? Von wem?
Wer ist dem Bauernding genehm?

Wernher [derb].

Kein Bauernding; denn daß Ihr's wißt,
Die Käthe Schönlein Findling ist,
Und wie es scheint aus edlem Stamm!

Schwarz [zu Wernher tretend].
[für sich.]
Nun gilt's! [Laut:]
Verzeiht, wie ist der Nam'?

Wernher.

Kathrine Schönlein! —

Schwarz [mit Emphase].
Wunderbar!
[Alle in höchster Spannung.]
Ist sie aus Schiltigheim wohl gar,
Das dicht bei Straßburg liegen thut?

Gutenberg.
Gewiß!

Schwarz.
Dann sag' ich kurz und gut,
Auch Ihretwegen kam ich her,
Und bring' viel Gut und auch viel Ehr'
Für die — Prinzessin!

Alle [mit höchstem Erstaunen].
Prinzessin?

Schwarz [für sich].
Ja wohl, von Teufels Gnaden!

Wernher [ehrlich].

D'rauf hätt' ich nimmermehr geraten!

Enneline [schlägt die Hände zusammen].

Die Bauernmagd?

Gutenberg [zu Schwarz].

Mein Töchterlein?

Fust [ebenfalls zu Schwarz].

Sagt an, kann das wohl möglich sein?

Schwarz.

Auf Wort, sie ist's!

Neunter Auftritt.

Vorige. Meister Hämmerlein.

Hämmerlein [reißt die Thüre auf. Roh].

Ist Käthe hier?

Alle [weichen von dem eintretenden Nachrichter zurück, nur Schwarz bleibt ruhig in der Mitte stehen].

Gutenberg [scheu].

Was wollt Ihr — Meister denn von ihr?

Hämmerlein.

's ist Samstag heut', will meinen Gulden,
Den mir die Dirne noch thut schulden!

Alle [mit förmlichem Aufschrei. Nur Schwarz lacht kurz auf].
Entsetzlich!

Fust [in größter Verlegenheit].
Nur ein Irrtum ist
Des Meisters Red'!

Hämmerlein [patzig].
Wenn Ihr zur Frist
Bezahlt mich wie bisher, dann will
Ich abzieh'n wieder und sein still!

Schwarz [bestimmt].
Ihr irrt im Haus! Kommt her zu mir!
[Thut als ob er Geld aus der Tasche holte.]

Hämmerlein [tritt frech auf Schwarz zu].
Was denn?

Schwarz [zeigt Hämmerlein einen kleinen, roten Zettel; leise].
Erkennst Du das, mein Sohn?

Hämmerlein [mit wankenden Knieen].
O, großer Meister, mich verschon'
Es ist ja wahrlich noch nicht Zeit!

Schwarz.
Dann übe größ're Höflichkeit,
Und lüg', Du habst versehen Dich!
[Hämmerlein verneigt sich; laut.]
Schon gut! [Zu den Andern.]
Ich wußt's, er irrte sich!

Hämmerlein [mit vielen Bücklingen nach allen Seiten.]

Verzeiht mir Frau und edle Herrn,
Es lag Beleidigung mir fern;
Dieß Haus es ist voll guter Sitt',
Nie mehr verunreint es mein Tritt!
[Eilig ab durch die Mitte.]

[Fust schüttelt Schwarz die Hand und geht mit ihm zurück.]

Enneline [schaut den Beiden nach].

Merkwürdig!

Ritte [legt den Finger an die Nase].

Kann es nicht begreifen!

Wernher.

Das thut fast an ein Wunder streifen!
[Heimlich zum Gutenberg.]
Freund Gutenberg schmeißt aus dem Haus
Den Kerl samt seinem Affen 'naus!

Enneline [boshaft].

Muß gleich nach der Prinzessin sehen! [Will fort.]

Gutenberg [hält sie fest].

Dem guten Kind darf nichts geschehen!

Enneline.

Will künden nur die neue Schmach,
Und fragen, ob sie — gehen mag?

Thut's nicht! — Will Anderes erſinnen,
Daß ſie nicht leidet für ihr Minnen! —
Ich lieb' ſie, glaubt es, und ihr Schmerz,
Er geht mir wahrlich an das Herz! —

Enneline [hat ſich losgeriſſen].

Kann brauchen nicht ſolch — Jungfräulein!
[Scene links ab.]

Schwarz [hat Fuſt zu ſich gezogen; heimlich].

Wollt' eine Kette Ihr ans Bein? —

Jobſt [kommt in dieſem Augenblicke mit zwei großen Krügen
voll Wein von S. l. herein].

Schwarz [hält Jobſt an und ſchnuffelt an dem Wein.
Guckt Alle an und ſagt luſtig.]

Ihr ſeid erſtaunt? Warum? Potz Blitz,
Nicht wahr, Freund Fuſt, gut war mein Witz!

Fuſt [lacht gezwungen].

Gewiß, ſehr gut! — Doch nun zum Wein!
Die Becher her, und Jobſt ſchenk' ein!

Asmodi [klettert auf ein Zeichen von Schwarz zu dem Kamin-
geſimſe empor, holt Becher herunter, geht zum Tiſche, und
wiſcht alles darauf befindliche mit einer Armbewegung hinunter.
Setzt die Becher einzeln feſt auf und ſagt, ſich verneigend]

Bekomm's den Herren — wundergut!
[Schlüpft in den Kamin.]

Jobst [der einschenkt, für sich].

Nahm weißen, der — ist rot wie Blut!
[Nimmt heimlich einen Schluck und schläft gleich ein.]

Schwarz [schwingt einen Becher].

Ich thu's den edlen Meistern bringen:
Auf fröhlich-freudiges Gelingen!

Fust [trinkt. Zu Wernher, der abseits steht.

Nun, Wernher, trinkt!

Wernher.

Ich darf's nicht wagen,
Mein Kopf kann es noch nicht ertragen!

Schwarz [für sich].

Die Dummheit ist nicht umzubringen,
Entgehet selbst der Hölle Schlingen!
[Zu den Anderen, die ebenfalls zögern, nachdem sie den Wein
berochen haben].
Ihr habt noch nicht Bescheid gethan!
[Zu Gutenberg.]
Was seht Ihr mich so zweifelnd an?

Gutenberg.

Ihr wollt wohl Eure Kunst probieren?
Denn solchen Wein thu' ich nicht führen,
Das ist Falerner bester Sorte!

Schwarz [lacht].

Beim Trinken mach' ich nicht viel Worte! [Trinkt].

Fust.

Ich auch nicht! [Trinkt.]

Ritte [prahlend].

Weniger noch — ich!

[Trinkt zögernd, dann als es ihm mundet, stürzt er den Becher aus.]

Hültz.

Trinkt Alles, laß' ich nicht im Stich
Die alten, wackeren Kameraden! [Trinkt.]

Fust.

Solch' reiner Wein kann niemals schaden! [Laut]
Zeigt Meister uns ein Kunststück noch!

Hültz [sinkt in den Lehnstuhl].

Nur einen Schluck, und — trunken doch ....?

[Schläft ein.]

Ritte [setzt sich zwischen Hültzen's Füße auf den Boden und umarmt eine Wade des Alten Zärtlich:]

Komm' Fräulein, rückt recht nah zu mir!

[Schläft ein.]

Gutenberg [greift in die Luft].

Die Wände dreh'n sich alle hier!

[Hält sich an dem Lehnstuhle fest und legt einschlafend den Kopf auf beide Arme].

Fust [sieht die Drei erstaunt an].

Ich weiß nicht, was die haben heut?
Sind sonst doch tücht'ge Zechgenossen!

Schwarz [murmelt].

Sie sind ja nicht wie Ihr gefeit!

Wernher [zieht Fust an sich, leise].

Der Wein ist aus der Höll' geflossen!

Fust [lacht laut auf].

Zu dumm! [Zu Schwarz.]
Nun zeigt ein Kunststück gleich!

Schwarz [befehlend].

Doch von der Stell' nicht rühret Euch! —

[Macht beschwörende Geberden.]
Nun thut an ein Geliebtes denken,
Es wird die Gegenwart Euch schenken! —

[Das Feuer im Kamin erlischt. Es wird plötzlich dunkel. Nur
das große Fenster erstrahlt in rötlichem Lichte].

Fust [lehnt sich an Wernher, der ruhig -- die Hand am Dolche
— vor dem Kamine steht; leise].

O Käthe! —

Harfenklänge. Die Vorhänge des Fensters gehen von selbst
zurück und das Fenster springt mit einem Krache weit auf.
Man erblickt eine wunderbare, deutsche Waldlandschaft in den
glühenden Schein der untergehenden Sonne getaucht. — An
einer breitstämmigen Eiche lehnt Käthchen in weißem, prächtigem
Gewande einer Edeldame, eine Margarethenblume zerpflückend.
Kunrad in seiner Bauernkleidung kniet vor ihr, ein Kränzlein
zu ihr emporhebend und sie schwärmerisch anblickend.

Fust [reißt sein Messer heraus].

Hund, willst Du genießen,
Was mein?! [Er schleudert das Messer gegen Kunrad.]

5

Kunrad [greift nach dem Herzen, als ob er tötlich getroffen sei und ruft].

Weh mir! [Sinkt zusammen].

Wernher [mit furchtbarer Stimme].

So soll denn fließen
Dein Blut auch — Doland — Höllensohn!
[Reißt seinen langen Dolch heraus.]

Asmodi [hält Wernher von rückwärts umschlungen, so daß sich derselbe nicht zu rühren vermag].

Nur nicht zu scharf, erst kommt der Lohn!

Schwarz [schleudert das Doktorbarett und den faschen Bart von sich, reißt seinen Talar auseinander und steht als Doland aus dem Dorspiele da. Zu Käthe:]

Mein Käthchen sieh, ich bin der Freund,
Der Dir ein besser' Loos versprochen,
Und den Du riefest schon seit Wochen,
Daß er zu Deiner Hülf' erscheint!

Käthe [tritt rasch im Bilde vor].

Und willst Du mir es auch versprechen,
Daß Du an — Jenem mich wirst rächen?

Voland [auf Fust deutend, der wie vor Schrecken gebannt, dasteht].

Gewiß! Sieh nur ohnmächt'ge Wut
Hält ihn in ihrem Banne gut! —

Fust [in Seelenangst].

Mein Käthchen hör' . . .

Käthe.

Halt Dich zurück,
Der Du zerstört mein Erdenglück!
Lab' Dich an Deinen toten Lettern,
Und mögen sie Dich einst zerschmettern!
Ich aber . . .

Fust.

Weh, 's ist Dein Verderben!

Käthe.

Ich aber will, Dir fluchend — sterben!
[Streckt Voland die Rechte entgegen.]
Ich bin nun Dein!

Voland [springt zu Käthe hinauf und umarmt sie].

Mein Gold=Besitz!
[Zu Fust mit Hohn:]
Für Diesmal siegte doch mein Witz! —
[Wolken verschleiern das Bild.]

Fust [zusammenstürzend].

O Käthe!

Wernher [schleudert Asmodi in den Kamin, dessen Flammen
hoch aufschlagen. Er kniet zu Fust nieder].

Hilf, mein Mütterlein!

Käthe [aus der Ferne].

O, fluch! Muß nun verloren sein! —

Der Vorhang fällt.

Zweite Abteilung.

Personen.

Diether II., Graf von Isenburg, Kurfürst und Erzbischof
von Mainz.

Adolf, Graf von Nassau, sein Gegner.

Fust,
Gutenberg, } Buchdrucker, Bürger von Mainz.

Dit Querbaum, ein reicher Patrizier.

Nanntchen, seine Tochter.

Wernher Knochenhauer, im Dienste des Adolf von Nassau.

Der Schmiedkasper, } aus Schiltigheim,
Kunrad } von Wernher geworben.

Ein Pilgrim [Voland].

Käthe von Brabant, ein reiches Edelfräulein.

Der krumme Jobst, Werkmeister des Gutenberg.

Der Spruchsprecher.

Der Rats-Nachtwächter.

Ein Marktweib.

Gefolge des Kurfürsten. Ratsherren. Bürger und Bürgerinnen.
Brautjungfern. Musikanten. Marktleute. Städtische Landsknechte und anderes Kriegsvolk.

Zeit: 1450.

Ort der Handlung: Marktplatz vor dem Dome in Mainz.

S. l. ist die Nordseite des Domes, der jedoch nicht sichtbar
ist, sondern zu dessen Mitteleingang ein sogenanntes Brautthor
führt. Es ist dasselbe ein aus Laubgewinden und mit Blumen
und Fähnchen verzierter Vorbau, der baldachinartig gestaltet
ist. — S. r. vorne das Haus des Querbaum mit großem Flügel-
thore. Das nächste daranstoßende Haus ist die Stadtwache,
dahinter freier Platz. Den Hintergrund bildet die noch im Bau
begriffene Zwingfeste: Die Moritzburg. — Auf dem Marktplatze
des Hintergrundes einige Stände, doch so verteilt, daß sie den
Verkehr der handelnden Volksmassen nicht stören. — S. l., ganz
vorne, gleichsam an den Dom angelehnt, die dürftige Holzbude
des Gutenberg. — [Es ist die früheste Morgenstunde eines
trüben September-Tages. Kaum Dämmerung.]

Erster Auftritt.

Eine ziemliche Anzahl, zumeist in Mäntel gehüllter Gestalten, Hüte und Kappen tief in die Stirnen gedrückt, steht S. l. vorne in einem Halbkreise beieinander. Jobst, Schmiedkasper und Kunrad unter ihnen. In der Mitte steht Graf Adolf von Nassau, er ist gerüstet und sein Gesicht mit einer Drahtmaske bedeckt. Links von ihm steht der Pilger Voland), der unter seinem Pilgerkleide den Anzug aus dem Vorspiele als Junker anhat. Auch sein Gesicht ist mit einer Drahtmaske bedeckt. — Rechts von dem Grafen steht Wernher, als Landsknechtführer in die Nassauer Farben gekleidet.

Graf Adolf.

Der Bund, ihr treuen Stadtgenossen,
Gen den Bedrücker ist geschlossen,
Und eh' sich endet dieser Tag,
Gescheh' der wohlbedachte Schlag!

[Auf den Pilgrim deutend.]

Hier mein Getreu'ster wird Euch leiten
Zum Siege; sorget nur, daß offen
Das Fischerthor. Von dieser Seiten
Dürft' meine Scharen Ihr erhoffen,
Die von dem Maine her ich bringe. —
Noch einmal hebt in unserm Ringe
Zum Schwur die Hand: „Kehr' Freiheit wieder,
Und Diether lieg' auf ewig nieder!

Männer [heben alle die rechte Hand zum Schwur. Dumpf:]

Die gold'ne Freiheit kehr' uns wieder,
Auf ewig der Bedrücker nieder!

Wernher [zum Pilger, der ruhig dastand].

Ihr haltet Euch wohl viel zu gut,
Daß Ihr nicht mit uns schwören thut?!

Pilgrim.

Verzeiht! Ich war so in Gedanken,
[Nach Scene rechts hinten deutend.]
Sah dort von fern den Wächter schwanken.
[Nachtwächterhorn Scene rechts hinten.]

Jobst [beruhigend].

Der geht zwei Gassen noch verquer,
Eh' er zum letzten Ruf kommt her!

Pilgrim [zu Wernher artig].

Ich muß nur Eure Klugheit preisen,
Daß wir nicht in geheimer Schluft,
Nein hier in frischer, freier Luft
Zuletzt den Bund zusammenschweißen!

Wernher [mit Humor].

Nun, nun, ich nahm es auch nicht krumm,
Daß Andere es nannten dumm! —
Seht hier den Dom und dort die Wache,
In beiden herrschet tiefer Schlaf;
Beenden konnten wir die Sache
Nicht leichter!

Pilgrim [halblaut zu Adolf, mit dem er etwas vortritt].

  Merkt: die Dummheit traf,
Wie ich voraus Euch sagte, wieder
Das Rechte!

Adolf [legt Wernher die Rechte auf dessen linke Schulter].

  Wernher, treu und bieder,
Auf Dich vertrau' ich allermeist!

Wernher [treuherzig].

Bringt zeitig Hülf', ich schmeiß' zusammen
Das Nest, und stecke es in Flammen!

Adolf.

Nur nicht zu vorschnell und zu dreist!

Jobst [der unterdessen rückwärts spionierte].

Nun fort, der Wächter kommt dort hinten!

Adolf [Scene rechts vorne ab].

Pilgrim [droht gegen Querbaum's Haus hinauf].

Freund Fust, mein Witz soll heut' Dich finden!
[folgt Adolf.]

Die Anderen [verschwinden lautlos nach allen Seiten, nur
Jobst, Schmiedkasper und Kunrad, welche so thun, als hätten
sie an dem Brautthore zu arbeiten, bleiben nebst Wernher auf
dem Platze zurück. Wernher greift nach seiner Hellebarde, die
am Brautthore lehnt, geht hinüber nach S. r. als ob er dort
Wache stünde].

Zweiter Auftritt.

Wernher. Schmiedkasper. Jobst. Kunrad.
Der Wächter.

Wächter [kommt schläfrig von S. l. hinten vor. Er hat an
der Spitze seiner Partisane eine Blechlaterne hängen, deren
Oellicht mühsam flackert. Er bleibt in der Mitte stehen, gähnt,
setzt sein Horn an, aber er kann vor Schlaf kaum mehr blasen
und endet mit einem Gix. [Er singt und schläft im Stehen ein].

Hört, ihr Herre! loßt Eich saage',
Die Glock hot . . . ewwe drei geschluage',
Vergeßt . . . drei Ding' . . . ihr Mensche' . . .
nicht . . .

Wernher [singt für ihn weiter].

Das Geld, den Wein und gut' Gericht!

Wächter [ermuntert sich und leuchtet gegen Wernher hin].

Wer thut so falsch do singe all's?!

Wernher [lacht].

Ich dacht', Dir säße was im Hals!

Wächter [munter].

Behalt' vor Dich Dein'n Utz un' Spott,
Du von der faule' Landsknechts=Rott',
Un' steh' die Wach' vor Deiner Truh'
Dort drüwwe, Du Dummösche, Du!

Wernher.

Du bist o höflich und so zart,
Als wärst Du von der Schiffer=Art!

Wächter [immer munterer].

Wann Du mit Meenzern a willst binne,
Do mußt Du Dich vorher besinne! [tutet]
„Vergeßt drei Ding' ihr Mensche' nicht:
Gott, Tod und allerletzt' Gericht!"
Lobet den Herrn! [Er geht S. r. vorne ab.]

Jobst [zu Wernher].

Das war Dein allerbester Streich;
Denn hätt' der Junkmann uns entdeckt,
Er hätte Lärm geschlagen gleich,
Wir würden all' ins Loch gesteckt,
Und konnten dann bei'm besten Willen
Hier uns're Sendung nicht erfüllen! —
Nun Kasper rasch und Kunrad auch,
Streut aus das Blatt auf Platz und Gassen,
Und kann es lesen nur ein Gauch,
Viktoria — wir erschallen lassen! —

Schmiedkasper [zieht eine Anzahl bedruckter Blätter aus
seinem Wamse heraus und beguckt das oberste Blatt].

's ist dumm, daß aus solch' schwarzen Faxen
Etwas Gescheidtes raus soll wachsen!

.

Jobst.

Und wüßtest Du, was darauf steht,
Du spürtest Deinen Kopf verdreht!
[Macht die Pantomime des Hängens.]

Schmiedkasper und Kunrad streuen die Blätter einzeln auf
dem Platze aus und entfernen sich S. l. hinten in die Gassen.

Wernher [zu Jobst].

Nun sag', weißt Du, warum der Fust
Gefehlt das letzte Mal heut' just? —
Zum Brautgang ist es doch noch Zeit.

Jobst.

Ja, daraus werd' ich nicht gescheidt!
Dem Gutenberg mußt' ich's verhehlen,
Der wär' zu grad, sich zu verfehlen
Gen Obrigkeit und Pfaffentum;
Doch Fust, der bisher allen Ruhm
Allein wollt' haben, ward beiseit
Geschoben von dem Grafen heut'.
Ich hörte wohl den Pilger sagen:
„Ein Bräutigam der schlägt sich schlecht!"

Wernher.

Den Spruch thu nimmer ich beklagen,
Da hat der Schleicher wahrlich Recht;
Ein Bräutigam — Gott soll's bewahren —,
Der nochmals freit mit grauen Haaren!

Jobst.

Er geht nach Geld, mein Wernherlein!

Wernher.

Wie kann ein Mensch so gierig sein! —
Doch höre, mir gefällt gar nicht
Der Pilgers=Ritter. Wenn er spricht,
Kommt mir bekannt die Stimme vor.

Jobst.

Der ist vom Oberland, Du Thor,
Ich hört' ihn selbst sich Schwyzer nennen.

Wernher. [zornig].

Dann soll er in der Hölle brennen! [ruhiger]
Nun mach' Dich fort, es graut der Tag,
Und bei den Brüdern gilt's den Schlag. —
Roll' aus dem Bau das Fäßlein her,
Die Taschen sind vom Golde schwer;
Mit Wein und Gold fang' ich Gesellen,
Und säßen sie inmitt der Höllen!

Jobst [rollt aus dem Brautthor ein mittelgroßes Weinfäßchen
in die Mitte des Vordergrundes und stellt es auf].

Sei klug, mein Wernher!

Wernher [gibt Jobst einen leichten Stoß mit seiner Hellebarden-
stange].
Halt das Maul!
Und kümmer' Dich um Deinen Gaul!

Jobst [läuft lachend S. l. vorne ab].

Dritter Auftritt.

Wernher. Dann Landsknechte.

Wernher [setzt sich auf das Faß und singt:]

Wer in den Krieg will ziehen,
Muß wohl gerüstet sein,
Was soll er mit sich führen,
Ein schönes Jungfräulein,
Ein'n langen Spieß und kurzes Schwert.

Wir suchen einen Herren,
Der uns viel Geld beschert. —

[Schon nach den ersten Zeilen strecken einige Landsknechte
die Köpfe aus der Thüre der Wache heraus und winken dann
den Kameraden, die noch in der Halle drinnen sind. Bei der
zweiten Strophe treten mehrere heraus, lachen über Wernher,
den sie zu kennen scheinen, umgeben ihn und singen mit.]

Und giebt er uns kein Gelde,
Liegt uns nicht viel daran,
Wir ziehen durch die Lande,
Kein Hunger ficht uns an;
Denn Gänse, Hühner viel es giebt,
Und Wasser aus dem Brunnen,
Trinkt man so oft's beliebt.

[Es kommen alle Landsknechte heraus. Wernher wirft ein
paar Hände voll Geld aus und die Kerle krapschen darnach.]

Wernher [lacht].

Aha! Es fliegen auf die Ruthen
Die Vögel, habe Leim gar guten!

Landsknechte [bilden einen Halbkreis um Wernher, dem sie
lachend drohen und singen im Chor die dritte Strophe mit].

Und werde ich erschossen
Im frohen, frischen Streit,
Man trägt mich auf den Spießen
Zum Grabe schnell bereit.
: Man schlägt die Pummerlein — pum — pum —
Das ist mir neunmal lieber,
Als aller Pfaffen Gebrumm! :

[Alle wiederholen den Schluß. Lustig:]

Sieh da, der Kreis ist fast geschlossen;
Der Teufel grüß Euch, Kampfgenossen!

Einige Landsknechte.

He, Wernher, sag': Wo kommst Du her?

Andere.

Und was bringst Du für neue Mär'?

Wernher [will herausplatzen].

Wollt Ihr — [besinnt sich] Doch schafft erst
einen Schragen,
[Steht auf und klopft auf das Faß.]
Der Schluck soll wärmen Euch den Magen.

Etliche Landsknechte [haben schnell Schragen und Heber
aus der Wachhalle geholt, Becher herbeigeschafft und das Faß
auf den Schragen gehoben. Der Spund wird herausgeschlagen,
der Heber eingesetzt und Alle drängen sich zum Füllen ihrer
Becher herbei].

Wernher [läßt sie erst trinken].

Wollt Ihr — [geheimnisvoll] streckt Eure
Ohren her —
[Alle umdrängen ihn neugierig.]
Den Bürgern und den Pfaffen hier
Gehorsam sein als faule Wehr,
Und zieht Ihr es nicht lieber für,
Zu geh'n in einen frischen Streit?!

Landsknechte [raunen ihm zu].

Gieb Handgeld her, wir sind bereit!

Wernher [teilt aus einem Sacke, den er aus dem Busen zieht,
Geld aus].

Na, schimmert das nicht rot und hold?

Landsknechte [gierig].

Beim Satan, Wernher, das ist Gold!

Wernher [spitzbübisch lachend].

Doch — wenn es aus der Hölle wär'?
[Teilt wieder aus.]

Landsknechte [die Hände ausstreckend].

Nur her damit, nur her — her, her, her!

Wernher [hebt seine Hellebarde hoch].

Hört Ihr heut' dieses „Her!" mich schrei'n,
Dann stellt Euch auf die Seite mein!

Einige Landsleute.

Ja, geht es denn hier auf die Stadt?

Wernher.

So lang, bis unser Herr sie hat!

Andere Landsknechte.

Und wer ist mit uns?

Wernher.

Die Gewerke
Zumeist, glaubt mir, in ihrer Stärke;
Sie wollen sich an Freiheit laben! [Bedeutend.]
Ein Plündern ist Euch nur erlaubt
Bei Denen, die die Macht jetzt haben!

Einige Landsknechte.

Und sag': Wer ist von uns das Haupt?

Wernher [pazig].

Einstweilen ich! — [heimlich] dann von Nassauen
Der Adolf.

Andere Landsknechte [halb enttäuscht].
Das ist auch ein Pfaff'!

Wernher.
· Doch keiner von den allzuschlauen,
Frumm, frisch und fröhlich; gar nicht schlaff,
　　[Die nächsten Landsknechte an sich ziehend.]
Und hat er mir es zugeschworen:
Viel Arbeit sei Euch unverloren!

Alle.
Dann Bruder: Topp!

Wernher [zieht sein kurzes Schwert].
　　　　　　　Hebt Eure Hände
Hier über's Schwert, und bis zum Ende
Schwört: Treulich bei mir auszuhalten,
Und thät' man uns die Köpfe spalten!

Alle [strecken die rechten Hände über das Schwert].
Ein Schwur!

Wernher.
　　　　Nun schleppt das Faß hinein,
　　　　[Lachend.]
Wollt' vorerst treue Diener sein!

Landsknechte [jubelnd mit dem Fasse ab in die Wache.
Wernher folgt ihnen bis zur Thüre].

Es ist nach und nach Tag geworden.

Markt- und Kramleute kommen herbei und nehmen unter
Geschnatter ihre gewohnten Plätze ein.

Vierter Auftritt.

Wernher.   Gutenberg.   Querbaum.   Dann Pilgrim.
Zuletzt Fust.

Gutenberg [von S. r. hinten, abgehärmt aussehend und sehr
einfach gekleidet, in tiefen Gedanken versunken. Er trägt einen
Ballen Drucke, die er, bei seinem Stande angekommen, zum
Verkaufe ausbreitet. Er geht dann hinein in seinen Stand,
setzt sich hinter den Ladentisch und stützt sorgenvoll den Kopf
in die linke Hand].

Die Last wird schwer und immer schwerer!
Der Fust, der heut' hier Hochzeit hält,
Er raubt den Meinen den Ernährer,
Und er — er wühlt doch nur im Geld. —
Seit von Paris er heimgekommen,
Wohin er Drucke mitgenommen,
Thut er mich drängen um das Pfand,
Bringt mich, gewissenlos, zur Gant!
[Legt müde sein Haupt auf beide Arme.]

Querbaum [kommt aus seinem Hause. Die Käufer und Ver-
käufer grüßen ihn ehrerbietig. Er geht großspurig auf Guten-
bergs Stand zu und klopft mit seinem Stocke auf den Laden].

He, Meister!

Gutenberg [fährt in die Höhe].

Ach, Freund Querbaum, Ihr?

Querbaum [auf die Leute deutend, welche die Blätter vom
Boden aufgehoben haben und neugierig begucken].

Habt Ihr vielleicht verloren hier
Die Blätter, die das Volk thut lesen?

Gutenberg [kommt aus seinem Stande heraus und hebt das
letzte Blatt auf, das vor dem Laden liegt].

Bin in Gedanken so gewesen,
Daß es gar leichtlich möglich wär'.
[Besieht seine ausgelegten Drucke.]
Doch fehlt mir kein's von meinen Stücken!
[Läßt das Blatt absichtslos fallen].

Querbaum.

Thut Euch gefälligst nochmals bücken,
Und reichet mir das Einzelblatt!

Gutenberg [hebt das Blatt wieder auf und besieht es.
Giebt es an Querbaum].

Der Druck nicht meinen Namen hat. —

Querbaum [mit steigender Empörung lesend].

Entsetzlich! Was muß ich erschauen!
Ein Aufruf ist's zu Mord und Grauen!
Die Zünfte wollen sich empören —
Das soll mein Herr, der Kurfürst hören!
(Er rennt, die Menge vor sich auseinandertreibend nach S. l.
und prallt mit dem Pilger zusammen].

Pilgrim [umarmt Querbaum, zieht ihn in den Vordergrund,
und raunt ihm „beschwörend" zu: — [Pilgrim ohne Maske].

Wo willst Du hin, Du alter Narr?
[Streicht ihm über die Stirne.]
Dein Bischen Menschenwitz, es darr'

6

In diesem Augenblick so ein,
Daß ein Jurist Du könntest sein!

Querbaum [lacht blödsinnig und hält dem Pilger das Blatt hin].

O, liebster, bester Herzenssohn,
Thu' mir zu Liebe den Gefallen,
Und les' das Blättchen vor hier Allen,
Du wirst erhalten [streichelt Pilgrim die Wange]
Gotteslohn!

Pilgrim [zuckt schmerzlich zusammen].

Au! Herr, das war ein Backenstreich,
Ich thät's auch ohne den sogleich! —
[Zur Menge, welche Beide neugierig umdrängt. — Mit teuf-
lischem Behagen.]
Verzeiht, ich kann nur dürftig lesen,
Und doch, thu' ich's von Herzen gerne;
Denn mein Bemüh'n ist stets gewesen,
[auf die Stirne deutend]
Die Nuß zu schälen aus dem Kerne;
Drum, was ich lese — seid belehrt —,
Es töne Eurem Ohr verkehrt!

Die Leute [lachen und sehen sich dumm an].

Pilgrim [liest].

„Du, Diether, Würger dieser Stadt,
Du schändlichster der Pfaffenknechte,
Der uns'rer Freiheit alte Rechte
Mit frecher Gier gestohlen hat . . ."

Gutenberg [tritt vor].

Ho, fremder, reizt das Volk nicht auf!

Querbaum [stößt Gutenberg zurück. — Lacht].

Das klingt so lustig, daß ich kauf'
Zwei Dutzend von den Schalkes-Blättern,
Um zu verteilen sie an Vettern!

Marktweib [zum Pilger].

Lest weiter, loßt Euch nicht beirre!

Querbaum.

Der Gutenberg, der scheint mir wirre
Im Hirn zu sein, weil er das Blatt,
Das lust'ge, nicht gedrucket hat!

Pilgrim [liest schreiend].

„Wir sagen Dir, Du Höllenhund,
Darum auch ab zu dieser Stund'!" —

Fust [in glänzender Kleidung, aber gealtert, grauer Bart und
graues Haar, stürzt von S. l. hinten herbei, reißt dem Pilgrim
das Blatt aus der Hand und sagt halblaut zu ihm:]

Wollt' Ihr uns allesamt verderben?
Noch ist's nicht Zeit.

Pilgrim [mit Hohn].

Meint Ihr zu — sterben
Herr Fust, bevor dem Golde Eurer Braut
Ihr seid auf immer angetraut?

Marktweib packt Fust am Arme].

Ei Dunnerkeil, krieg' Du die Kränk',
Loß' lese' den sei' art'ge Schwänk,

6*

Und kümmer' Dich um Deine Sache';
Mir denke', Du willst Hochzeit mache'?!

Fust.

Sie sind behext! [Zu Querbaum]
Kommt, Vater, kommt,
Bei solchem Volk Vernunft nicht frommt!
[Er zieht den widerstrebenden Querbaum in sein Haus und
schließt das Thor hinter sich zu].

Wernher [mitten in der Menge].

Ei seht, der will Vernunft Euch lehren,
Thut doch den Spieß herum nun kehren,
Und fragt nach der Vernunft des Alten,
Der grauen Bart's will Hochzeit halten!

Gutenberg [ruft].

Herr Wernher kommt zu mir hierher!
[Wernher geht rasch zu Gutenberg in dessen Stand.]

Marktweib [zum Pilger].

Les't uns so Utzig's vor noch mehr!

Pilgrim.

Der Fust nahm mir hinweg das Blatt!
Seht nach, wer denn noch eines hat!
[Er mischt sich in die Menge, welche ihn umdrängt und geht
mit derselben nach dem Hintergrunde.]

Marktweib [aus der Menge].

's ist kein's mehr do! Erscht war'n's so viel!

Pilgrim [schreit entsetzt auf].

Der Teufel treibt mit uns sein Spiel!

Die Menge [stäubt nach allen Seiten schreiend auseinander
und der Pilgrim ist mit ihr verschwunden].

Fünfter Auftritt.

Gutenberg. Wernher.

Wernher [aus der Bude mit Gutenberg heraustretend].

Das glaub' ich auch, freund Gutenberg!
[haut sich auf die Stirne].

Das ist der Kerl mit seinem Zwerg,
Der einst rumort in Straßburgs Stadt,
Der Voland, der getäuscht mich hat! —
[Er betrachtet Gutenberg wehmütig.]
Nun sagt mir nur: Wie seht Ihr aus,
Und wie kamt Ihr nach Mainz zu Haus?!

Gutenberg [an seinen Bücherladen sich anlehnend].

O freund, da wär' viel zu erzählen.
Als Schuldner in des fustes Krallen,
Mußt thun ich, was ihm wollt' gefallen,
Für ihn allein mich immer quälen! —
Ihr habt doch von der Druckerkunst,
Was man so sagt, ein wenig Dunst;
Denn meinem Jobst halft Ihr zuweilen
In Straßburg, tüchtig einzukeilen
Den Satz, daß er im Rahmen stand,
Als hätt' ein Schmied ihn festgerannt.

Wernher.

Ja seht, der Jobst, der meinte immer:
„Vom Werke kriegst Du keinen Schimmer;
Doch merk', der Bauer, der da schafft,
Er braucht beim Pflug des Ochsen Kraft!"

Gutenberg [lächelnd].

Er ist ein Schelm! Doch hört nun eben:
Es hat der Schwarz, der Höllensohn,
Der mit uns trieb so argen Hohn,
Damals gar heimlich ihm gegeben
Ein Mittel, das die Schwärz' betraf,
Die mir niemals wollt' recht gelingen.

Wernher [platzt heraus].

Ich gab' es ihm, ich dummes Schaf!
[Schlägt sich auf den Mund.]

Gutenberg.

Versteht Ihr was von solchen Dingen?!

Wernher [dumm].

Ich? Nein! Der Teufel . . . ich bin stumm!

Gutenberg.

Ist's Böses, und Ihr wißt darum?

Wernher [ängstlich].

Fragt jetzt nicht — später will ich's sagen,
Wie sich das Ganze zugetragen!

Gutenberg.

Höchst sonderbar! Doch Wernher wißt:
Das erste Buch, das wir gedruckt

Mit dieser Schwärz' hat er mit List
Mir um ein Kleines abgeluckt,
Und bracht' es nach Paris. — Gewinn
Gar groß gab's; denn durchtrieben
Sagt er, mit Kunst wär's so — geschrieben!
Verdreh'n fast wollte es den Sinn
Von allen Schreibern und den Pfaffen,
Daß man solch' Wunderwerk könnt' schaffen! —
Ihm blieb das Geld, ich — fand kein Recht!

Wernher.

Mit einem Wort: Der Kerl ist schlecht!

Gutenberg [achselzuckend].

Das Geld hat er, und ich die Kunst,
Und die ist ohne Geld nur Dunst!
Doch schlecht ist's, wo er Hochzeit macht,
Daß ich muß in des Schuldturms Nacht!

Wernher.

Da sei Gott vor! [heimlich] Geht nun nach Haus,
Und laßt Euch nimmermehr verleiten —
Bis ich Euch ruf' — herauszuschreiten;
Denn heut' giebt es noch Mord und Graus!

Gutenberg.

Das hab' ich vorhin halb gehört!
Wer hat denn Alle so bethört?

Wernher.

Dem Diether geht es an den Kragen;
Wir wollen einen Handstreich wagen!

Gutenberg.

Um Gott! Wenn ihr mit diesem rechtet,
Dann wird die Stadt noch mehr geknechtet!

Werther [ehrlich].

Mag sein, doch geht es mich nichts an,
Hab' nur zu stellen meinen Mann!

Gutenberg.

Kommt mit und rettet Euch mit mir!

Werther.

Und ging's zum Sterben, ich bleib' hier!
[Drängt Gutenberg nach S. r. h.]
Ade, Freund Gutenberg, habt Dank
Für Eure Meinung treu und frank!
[Sie schütteln sich die Hände und Gutenberg will abgehen.]

Sechster Auftritt.

Vorige. Käthe mit Asmus als Page, von S. r. h.

Gutenberg [weicht zurück, sieht sie an. Zweifelnd].

Bist's Käthe — Du?

Käthe [im glänzenden Reitkostüm einer Edelfrau. Ihre Brust
umschließt aber ein goldschimmernder Halbpanzer und sie trägt
einen langen Dolch. — In Hast:]

O Vater mein!

Ich komm' ja nur zur Stadt herein,
Um Euch zu retten vor dem Grauen,
Das bald das gold'ne Mainz wird schauen!

[Auf Asmus deutend.]

Es wird Euch auf mein Inselschloß
Geleiten sicher der Genoß'!

Gutenberg [weicht zurück].

Bist Du die Fei, von der man raunt,
Daß einen Pallas — angestaunt,
Weil er als wie durch Zauber stand —
Hat auf der Insel sich erbaut?

Käthe.

Ja, ich bin Käthe von Brabant,
Und führ mit Recht den Namen laut!
Der Diether selbst kann Dir es sagen,
Daß er mich zählt zu seinen Magen!

Wernher [auf Gutenberg deutend].

So reich, und halfst nicht allerwegen?

Käthe [mit niedergeschlagenen Augen].

Dem Vater brächt' mein Gold nicht Segen!

Wernher.

So, so! Du bist's, die aus und ein
Beim Diether geht? Pfui Krötenbein,
Da treibt der Teufel doppelt Spiel,
Und meine Klugheit hilft nicht viel!

Käthe [in steigender Angst].

Nur fort, mein Vater, schnell nur fort!
Ich hab' zu thun an diesem Ort!

Gutenberg [nimmt ein Blatt von seinem Ladentische].

Unglücklich Kind, leg' das auf's Herz,
Es lindert Dir selbst — Höllenschmerz!
Und nun Ade! Der Meinen wegen,
Will gehen ich! Nimm meinen Segen!
[Schnell S. r. hinten ab mit Asmus.]

Käthe [steckt das Blatt unter's Mieder].

O weh! das thut wie Feuer brennen!

Werner [ohne Käthe weiter zu beachten].

Will schnell nur zu den Freunden rennen! —
Nun muß ich's Glück wohl früher wagen,
Es gilt, gar rasch darein zu schlagen!
Der Ueberfall war meine Stärke —
Frisch auf, zum ächten Landsknecht=Werke!
[Läuft in die Wache ab.]
[S. l. oben erklingen die Glocken des Domes.]

Siebenter Auftritt.

Käthe.

Das Schwerste gilt's! — Wie mich durchschauert
Der Glocken Klang! Hat denn im Herzen
In einem Winkel still gelauert
Noch ein Gefühl, trotz aller Schmerzen?
Seit ich den — Frevler wieder sah,
Der mich in Glanz und Pracht nicht kannte,
Ist es, als ob der Hölle Bande
Sich lockerten, wenn ich ihm nah! —

Das Herz will zagend sich gestehen:
Du hast Dein All in ihm gesehen!

[Lauscht den Glocken.]

Horch! singen nicht die Kirchenglocken:
„Wenn Dein — Gefühl — erst neu erwacht,
Dann ist dahin der Hölle Macht!" —

[Mit tiefstem Schmerze:]

Die Thränen will's zum Lichte locken! —
Ach, Thränen, die nach Innen fließen,
Sie werden da zu jenen wilden,
Und geisterhaften Steingebilden,
Wie Bergeshöhlen sie umschließen,
Wo stets der Tropfen niederrinnt,
Damit der Stein an Stärk' gewinnt! —

[Fährt sich über die Stirne und greift dann nach dem Herzen.]

Ich weiß nicht, was mit mir geschah,
Seit mir das Blatt dem Herzen nah',
Das mir der Vater hat gegeben?!
Es ist, als sprießt ein neues Leben
In mir! Ich les' es frisch und froh!

[Zieht mit plötzlichem Entschlusse das Blatt hervor.]

Vielleicht ist es ein Zauberbann,
Der mich vor Voland schützen kann! [Liest:]
»Sit gloria in excelsis Deo!« [Denkt nach.]
Versteh's nicht! — Will die Worte lernen,
Das Blatt nie mehr von mir entfernen!

[Trompetenmarsch im Hause des Querbaum.]

Er kommt? Schweig' Herz, und du entfache
Zur Glut dich, heißersehnte Rache!

[Sie tritt in den Brautbau zurück]

Die großen Th. ...gel des Querbaum'schen Hauses werden weit
geöffnet. Unter Vorantritt des Spruchsprechers, der mit großen
Münzen behängt ist und der einen weißen Stab trägt, an dessen
Spitze sich ein Blumenstrauß befindet, erscheinen: vier Trompeter,
die einen feierlichen Marsch blasen. Blumenstreuende Kinder,
dann die Braut, von Jünglingen geführt. Hochzeitsvater und
-Mutter folgen. Fast von Brautjungfern umringt. Patrizier,
dann die Fahnen der Goldschmiede und Buchdrucker. Hochzeits-
gäste. — Der Zug umgeht den Marktplatz und hält vor dem
Brautthore. — Der Brautzug rahmt im Halbkreise den Platz ein.

Spruchsprecher [tritt in die Mitte].

Viel Volk's seh' ich versammelt hier . . .
[Hält inne, da er außer dem Brautzuge Niemand erblickt.]

Querbaum.

Gib weiter keine Mühe Dir,
Das Volk ist all' davon gelaufen,
Wir brauchen nicht den rohen Haufen!
Nur nach Sankt Martin rasch hinein. —

Spruchsprecher [will in das Brautthor hinein].

Käthe [tritt, gebieterisch abweisend, ihm entgegen].

Zurück! [Die Glocken schweigen.]

Nanntchen.

Was wollt Ihr?

Querbaum.

Was soll's sein?!

Käthe.

Will mit dem Bräutigam nur sprechen!

Fuſt [für ſich].

Die Käthe?! Weh', die Knie mir brechen!

Käthe [in aufloderndem Zorne].

Du biſt — [ſie greift nach dem Herzen wo das Blatt ruht,
und ſagt ruhiger] geweſen einſt im Land,
Wo ich zum Unglück ward geboren. [Weicher.]
Dort hab' ich einen Schmuck verloren,
Wie keinen köſtlicher'n man fand!

Fuſt [blickt Käthe verzückt an und faltet bittend die Hände.
Leiſe:]
O, Käthchen . . .

Käthe.

Hör' mich an in Ruh'!
Ich dacht': Du habeſt ihn — geſtohlen . . .

Nanntchen [lacht].

Da muß ich lachen all's dazu!
Mein Fuſt, ein Dieb, der reiche Mann?

Käthe.

Das dacht' zu Zweit' ich; doch man kann
Sich irren . . .

Fuſt [leiſe].

Habt mit mir Erbarmen!

Käthe [flüſternd].

Wie Du dereinſt mit mir der Armen?
[Laut fortfahrend:]
Hör' weiter denn, was dort geſchah.

Als ich ihm das ins Antlitz sagt',
Da wollt' er mich, die junge Magd,
Entschäd'gen mit dem Goldschmuck da!
[Nimmt ihre schwere, goldene Halskette ab und schleudert die-
selbe der Braut zu Füßen. Richtet sich hoch auf.]
Nun komm' ich — Käthe von Brabant . . .

Alles [fährt mit einem Aufschrei auseinander, so daß Käthe
und Fust allein in der Mitte bleiben und man hinter ihnen
Wernher erblickt, der den Vorgang genau beobachtet.]

Käthe [fortfahrend].
Und mache aller Welt bekannt,
Daß er . . . [Fust läßt sich vor Käthe aufs Knie nieder,
sie greift nach ihrem Herzen] kein Dieb gewesen ist,
Da ich ihm, daß Ihr es nur wißt,
In seliger Vergessenheit
Damals — o nein für alle Zeit —
Mich mit dem Schmuck dahingegeben!

Fust [in höchstem Entzücken].
Du liebst mich, Käthe? Nimm mein Leben!

Querbaum.
Was soll das sein?

Nanntchen.
Ist er verrückt?

Spruchsprecher [nimmt den Blumenstrauß von seinem Stabe].
Da ist ja wohl die Hochzeit aus?
[Hebt die Goldkette auf.]

Querbaum [zu seiner Tochter].

Komm Nanntche, gehen wir nach Haus!
[Sie werden aufgehalten.]

Die Frauen.

Nein! nein! Ergreift die fremde Dirne!

Männer.

Die sich erlaubt mit frecher Stirne,
Das heil'ge Gastrecht zu verletzen!

Spruchsprecher [schiebt die Goldkette ein; schreit:]

Man muß zum Hexenthurm sie hetzen! —

Wernher.

Hoho! Das sollt' Ihr bleiben lassen!
[Hinter der Scene S. l. ertönt ein Schuß, dem mehrere folgen.]
Her! Her! und drauf auf Alles gut,
Was nur nach Pfaffen riechen thut!

Landsknechte [stürmen aus der Wache heraus].

Schlagt nieder! Stürmt durch alle Gassen!
[Sie treiben den Brautzug auseinander, welcher teils in die
Kirche, teils in das Haus des Querbaum flüchtet. Wernher
mit den Landsknechten S. l. hinten ab.]
[Ferner Waffengetöse S. l.]

Fust [hat sich erhoben und schlingt den Arm um Käthe].

Komm' mit, ich rette Dich mein Lieb'!

Käthe.

Um mich Dir keine Mühe gieb!
Doch Du eil' zu der Insel hin,
Sonst ist der Tod auch Dein Gewinn!

[Am Halse Fust's.]

Und mag mir's zum Verderben werden —
Dich einzig liebte ich auf Erden!

[Das Waffengetöse kommt näher. Käthe küßt Fust und drängt ihn S. r. vorne fort. Die im Bau begriffene Moritzburg steht in Flammen. Die kämpfenden Bürger, unter ihnen die Lands-knechte, werden von den Hellebardieren und den Söldnern des Diether hinten von S. l. nach S. r. vorübergetrieben. Diether hoch zu Roß, das der Pilgrim führt, von seinen Rittern um-geben, erscheint von S. l. hinten. Das eroberte Hauptbanner der Stadt weht über ihm. Er hält in der Mitte des Platzes hinten an, als er Käthe erblickt und ruft ihr zu].

Diether.

He, schöne Käthe von Brabant,
Komm' her und reich' mir Deine Hand,
Schwing hinter mir Dich auf mein Roß,
Ich bring' Dich sicher in Dein Schloß! —

Käthe [erschrickt, als sie Voland sieht, greift aber nach ihrem Herzen, eilt auf Diether zu, wird auf das Schlachtroß gehoben und ruft:]

Sit gloria in excelsis Deo!

Pilgrim [läßt in furchtbarem Erschrecken die Zügel des Rosses fahren und weicht zurück].

Diether [schwingt sein Schlachtschwert].

Hört Ihr den Schlachtruf? Tötet, brennt,
Daß man in mir den Herren kennt;
Denn zwingen will ich Dich auf immer,
Du stolzes Mainz im gold'nen Schimmer!

[Alle schwingen die Schwerter, und unter dem Rufe: ›Sit gloria in excelsis Deo!‹ zieht der ganze Schlachthaufe nach S. r. h. ab.]

Pilgrim [stürzt in den Vordergrund, wirft das Obergewand
ab und steht als Voland da. Wütend:]

Ha, Mutter Nacht, kannst Du mir sagen:
Woher hat Käthe dieses Wort?
Bin ich auch hier aufs Haupt geschlagen,
Reißt sie mir der . . . dort Oben fort?

[Blickt wild um sich und sieht, wie Schmiedkaspar und Kunrad,
selbst verwundet, den sterbenden Wernher auf zwei Spießen
hereintragen und vor dem Brautthore niederlegen. Kunrad
nimmt Wernher in seinen Schoß.]

Voland [auf Wernher deutend].

Von Allen bleibet ganz allein,
Nur dieser mag're Bissen mein!

Wernher mit ersterbender Stimme].

Ich wollt' g'scheidt sein — 's erste Mal —
Da schmettert nieder mich der Strahl!

Voland [tritt vor Wernher hin].

Erkennst Du mich? Komm' mit zur Pein!

Wernher [richtet sich auf, hebt die Hände zum Himmel und
sagt verklärten Angesichtes mit letzter Kraft:]

Mich hebt empor — mein Mütterlein!

[Er sinkt sterbend zurück und Schmidkaspar und Kunrad knieen
zum Gebete nieder].

Voland [stampft mit dem Fuße auf].

Verdammt! Auch der ist mir entschlüpft! —
Fort, daß ich komme nicht zu späte!

7

Mein höllisch Herz im Leibe hüpft: [furchtbar:]
Für Alle sollst Du leiden — Käthe! —
[Die Domglocken setzen mit mächtigem Tone ein.]

Voland [erschrickt und sagt unterwürfig nach Oben blinzelnd].

Na, na! Das Denken ist doch frei, —
Macht nur nicht gleich — ein so groß' Geschrei!
[Er will, tief gebeugt, S. r. hinten abschleichen. Als er in die
Mitte der Hinterbühne kommt, ertönt S. r. hinter der Scene
eine Gewehrsalve, welcher ein einzelner Schuß folgt. Er hält
die Hand über die Augen, stößt ein „gelles Auflachen" aus und
eilt im Fluge S. r. ab. — Die Glocken tönen fort.]

Der Vorhang fällt.

Dritte Abteilung.

Personen.

Der **Genius des Lichtes.**
Boland.
Fust.
Gutenberg.

Erscheinungen.

Zeit:
Der Spätnachmittag des Aufruhrtages.

Ort der Handlung:
Waldwildnis auf der großen Rheininsel vor Mainz.
[Nicht tief.]

NB. Die Dekoration des Hintergrundes muß durch mächtige
Baum-Versetzstücke gebildet werden, welche sich in der
Mitte teilen und nach beiden Seiten zurückziehen können.

Erster Auftritt.

Fuſt. Voland.

[Fuſt liegt S. l. auf einer Erhöhung des Moosbodens hingeſtreckt, das Geſicht nach unterwärts in beide Arme vergraben, wie Einer, der ſich in Verzweiflung ſo hingeworfen hat, und den tiefe Ohnmacht umfängt. — Sein glänzendes Bräutigamskleid iſt zerriſſen]

Voland [ſteht S. r. mit untergeſchlagenen Armen an den Stamm einer großen, weißſchimmernden Buche gelehnt. Er iſt von Kopf zu Füßen in ſchwarzes Koſtüm des Mittelalters gekleidet, und iſt, außer ſeinem fahlen Geſichte, nichts Helles an ihm zu entdecken. — Mit ingrimmigem Hohne:]

Seit ich da trag' den Teufelsrock,
Ward mir nicht übler mitgeſpielt,
Selbſt nicht vom Schmied zu Jüterbock,
Der doch auf „gutes Klopfen" hielt! —
[Stampft mit dem Fuße auf.]
Genasführt bin ich hint und vorn
Von dieſen dummen Menſchenaffen,
Zerreißen möcht' ich mich vor Zorn,
Könnt' ich nur neu den Teufel ſchaffen;
Doch ewig unfruchtbar gemacht
Hat der mich, der dort ſchwelgt in Pracht!
[Er tritt zornig in die Mitte der Lichtung. Mit Teufelshumor:]
Wenn gar ich an die Käthe denk',
Da könnt' ich gleich ein Mainzer werden,

Der täglich tausendmal auf Erden
Thut holen die — verfluchte Kränk'! —
[Halb freudig, halb ärgerlich:]
Ich hielt so fest sie in den Krallen,
Als ihr der Schuß durch's Herze ging,
Und ich das zarte Seelchen fing,
Das schön lateinisch konnte lallen! —
Ich trug es gleich hinab zur Höllen,
Doch an dem Thor that heulend bellen,
Als peitschte ihn die Großmama,
Asmodi, der mich kommen sah. —
„Was hast Du, dummes Höllenvieh?"
So fragt' ich, gab ihm einen Tritt;
Doch zeternd er und heulend schrie:
„Mit Der da kommst herein Du nit!" —
„Warum nicht, lieber guter Sohn?"
Sagt' ich und wollt' das Fell ihm streichen,
Da schnappt nach mir das Luder schon,
So daß zurück ich mußte weichen.
Es ist ihm ja Gewalt gelassen,
Jedweden Schwärzer abzufassen,
Der mit Verbot'nem kommt hierher,
Und wenn auch ich es selber wär'! —
„Was hab' ich Unrecht's denn bei mir?" —
Da stellt sich auf die Hinterbeine
Der Hund, und er beginnt zu jaulen:
„Es scheint, als ob die vielen faulen,
Verfluchten Tage auf der Welt
Bei Euch urplötzlich kalt gestellt,
Wie dort in Straßburg den Geruch,
So heut' in Mainz auch das Gesicht!" —

„Nun aber ist es mir genug,
Hab' Höllenfracht, laß' ein mich, Wicht!" —
„Zurück! Die Hölle wiegl' ich auf,
Laßt Ihr der Seel' nicht freien Lauf!
Seht nur, in ihrem tiefsten Kern,
Da leuchtet winzig klein ein Stern,
Der — eh' ein Fluch entflieht den Lippen —
Mit Glanz die Hölle um thät kippen!" —
Nun nahm ich mir die Seele vor,
Beguckt' sie, und ich alter Thor,
Ich meint': „Ein Splitterchen wird's sein,
Vielleicht von einem Demantstein,
Das durch die Kugel abgesprengt,
Sich in die Seel' hineingedrängt!" —
Da lacht das Vieh mir ins Gesicht:
„So dumm sprach selbst der Wernher nicht! —
Seht nur, der Stern er wächst mit Macht,
Und eh' Ihr Euch von ihm könnt' trennen,
Wird er in nie geschauter Pracht
Euch samt der Höll' zu Staub verbrennen!"
Erschreckt ließ ich die Seele fahren,
Die aufwärts flog in alle Weiten,
Und einen Glanz thät rings verbreiten,
Der noch die Augen schmerzt nach Jahren! —
Von oben aber hört' ich klingen:
»Sit gloria . . . na . . . . Et cätera«,

[Rauft sich das Haar.]

Und wie ein Schulbub' stand ich da,
Den Hiebe zur Vernunft thun bringen! —

[Er sieht sich wild um und endlich bleiben seine Blicke auf
Fust haften.]

Am Gutenberg hab' ich kein' Teil,
Der auf der Insel sucht' sein Heil!
[Näher zu Fust tretend.]
Doch dieser, dem ausging der Witz,
Er kriegt bei mir noch Stimm' und Sitz;
Denn will verzweifeln solcher Staub,
Wird er gar leichtlich mir zum Raub! —
[Geht wieder von Fust fort und denkt nach.]
Ich will sein Restchen Hirn umdünsten,
Mit läppisch=dummen Teufelskünsten
Wie schon einmal! — Er thät bewahren
Sich Jugend noch in ältern Jahren,
Und mit des „Herzens Lust und Pein"
Fang' ihn „Erinn'rungs=Zauber" ein!
[Er geht zum Baume zurück und nimmt seine alte Stellung
wieder an.]

Fust [halb aus seiner Ohnmacht erwachend, stöhnt:]
O Käthe!

Voland [mit Hohn für sich].

Ja, das wär' der Ort,
Mit einem Bräutchen still zu kosen,
Da pflückt man von der Lippen Rosen
Mit Küssen weg jedwedes Wort,
Und will man Dreisteres auch wagen,
Hier wird's kein Lauscher weitertragen!

Fust [richtet sich halb auf].

Nur einmal noch die Stimme hören,
In Deine treuen Augen seh'n,
Um dann — auf ewig hinzugeh'n!

Voland [für sich].

Der thät' die Ruh' der Toten stören!

Fust [ringt die Hände].

Es ist nicht möglich, daß Dich traf
Von oben her aus meinem Haus
Der Feuerstrahl, als Dir der Graf
Das Kindlein gab, das aus dem Graus
Du retten wolltest voll Erbarmen!

Voland [kalt].

Ich fing sie auf in meinen Armen,
Ihr letztes Wort war: „Armer Hans!"

Fust [fährt rasend auf].

Du hier? — Du rettetest sie nicht
Mit Deiner Kunst, elender Wicht,
Obwohl Du wußtest, daß ich ganz
Durch solche That Dir wär' zu eigen?

Voland [bissig].

Mein Witz war fort — da mußt' ich schweigen!

Fust [wirft sich wieder hin].

Sprich nun!

Voland.

Ihr seid nicht gut berichtet
Vom Gutenberg. — Ich hab' getragen
Die Aermste her ins Inselschloß,
Und nahm heraus dann das Geschoß,
Zu seh'n, ob Rettung noch zu wagen!

Fuſt [ſpringt empor].

Das iſt nicht wahr, Du Lügengeiſt!
Ich ſag' Dir, wenn Du es nicht weißt:
[Deutet nach rückwärts.]
Der Gutenberg ſah dort ſie liegen,
Umfangen von des Todes Nacht!

Voland.

Wenn der es Euch hat hinterbracht,
Dann that der Schein ihn wohl betrügen!
[Geheimnisvoll:]
Glaub' mir, o Freund, es iſt nicht klein
Die Macht, die ich da nenne mein,
Und kann ſie ſich darauf erſtrecken,
Selbſt Tote wieder aufzuwecken,
Das heißt: nur ſolche, die verfallen
Mir ſind!

Fuſt.

·· O füge nicht zu allen
Gemeinen Thaten, noch das Prahlen
Du Schurke, der da dient zwei Herrn!
Vom Diether ließeſt Du Dir zahlen,
Und auch vom Adolf nahmſt Du gern!

Voland [ſchlägt ſich auf die Bruſt].

Ich that's wahrhaftig nicht ums Gold,
Das in der Hölle immer rollt;
Doch hatt' ich meine Luſt daran,
Je mehr da wurden abgethan!

Fuſt [wütend auf Voland losgehend. Mit einem Aufſchrei:]
Auch Sie! — [faßt ſich.]
Geh' fort, meld' Deiner Hölle,
Du elend=ſchuftiger Geſelle:
„Es war der Fuſt ein harter Mann,
Ein Schurke auch noch obendrein;
Doch ſollt' es nie und nimmer ſein,
Daß ich ihn fing in meinem Banne!
Der Liebe Macht thät ihn bezwingen,
Und ſo entging er meinen Schlingen!" —
[Voland lacht auf]. Fuſt [fährt fort].
Du lachſt? Glaubſt wohl, mit grauen Haaren
Könnt' man nicht ächte Lieb' bewahren?
Ich aber ſag' Dir: Lieb' ſtirbt nimmer
So lang vom Leben bleibt ein Schimmer! —
Ich habe Lieb' zurückgeſtoßen,
Weil treulos ich ein Schurke war;
Doch macht in ihrer Huld, der großen,
Sie endlich mir ſich offenbar,
Und neues Leben mir erſtand . . . .

Voland [mit Hohn].
Weil Käthe, Gräfin von Brabant!

Fuſt.
Verflucht, wenn ich daran nur dachte,
Als ſie ihr Liebeswerk vollbrachte! — [Selig für ſich.]
Ein ſtilles Leben wollt' ich führen,
Zur Königin des Hauſes küren
Die Holde! Mit dem Freund vereint,
An dem ich hab' viel gut zu machen,

Arbeiten, leben, lieben, lachen,
So lang mir diese Sonne scheint! —
    [Erwacht aus dem Traume. Aufschreiend:]
Weh' mir, durch eig'ne Schuld dahin
Ist nun der köstliche Gewinn! [Wirft sich nieder.]

    Voland [nach einer Pause. Lauernd:]
Ja seht, das wär' nun nicht zu ändern,
Wenn — meine Kunst es nicht verstünde,
In früh're Zeit, zu andern Ländern
Euch hinzuführen gar geschwinde! —
[Er umgeht den ganzen Raum mit beschwörenden Geberden.]

    [Sehr weit entfernte ländliche Musik.]

Der Wald im Fond teilt sich. Man sieht die Tanzlinde von
Schiltigheim. — Bursche und Mädchen stehen zum Tanze bereit,
und in der Mitte Käthchen (Contrefigur), welche mit Kinder-
lächeln dem Konrad die Hand reicht. Die Musikanten stehen
auf der Lindenbank und thun, als ob sie spielten. — Man sieht
das ganze Bild zwar hell erleuchtet, aber wie durch einen
Nebelflor.

Fust [richtet sich bei dem Klange der Musik auf, fährt, als ob
er sich der Töne erinnere, sich über die Stirne, erblickt dann
das Bild, und eilt auf dasselbe mit dem Ausrufe zu].

Mein Käthchen!
    Das Bild verschwindet augenblicklich.

      Fust.
   Nur ein Teufelspiel!

      Voland.
Ja, theu'rer Herr, ich kann nicht viel,
So wie es heißt: Vergangenheit;

Denn das „den Tod zum Sein gestalten“,
Hat sich . . . . ein and'rer vorbehalten! —
Jedoch, je näher wir der Zeit,
Das heißt der unseren nun kommen,
Soll „neues Leben“ Euch wohl frommen!

Fust.

Auch neues Lieben?

Voland.

Meinetwegen!
Merkt auf: So lange nicht erkaltet
Der Körper ist, die Kunst noch waltet!

Fust [drängend].

So laßt uns rasch zu ihr nur hin!

Voland.

Das geht nicht Freund! Zeit bringt Gewinn! —
Dann bitt' ich um ein zartes Regen,
Das Nähern sei Euch wohl erlaubt;
Denn was Ihr seht, ist wirklich — glaubt!

Fust.

Soll ich die süße Stimme hören?

Voland.

Gewiß, und auch die Augen seh'n!

Fust.

Und wird das Bild nicht mehr vergehn?

Voland.

Nur das verbleibt, wenn Käthe spricht!

Fust.

Dann zögert mit dem Zauber nicht!

Voland [beschwörende Geberden wie vorher].

Der Wald öffnet sich wieder. Wie in dem Zauberbilde der
ersten Abteilung steht Käthe (Contrefigur) an einem Baum im
Walde. Sie zerpflückt aber keine Margarethenblumen, sondern
einen Myrthenkranz.

Fust [tritt auf das Bild zu, und als Käthe ihn erblickend, das
zerzauste Kränzlein aufsetzen will, ruft er mit Entsetzen].

Thu's nicht, denn in dem Kränzlein drinnen
Will eine Viper Unheil sinnen!
[Er ist näher getreten].

Käthe [besieht das Kränzlein, schüttelt das Haupt, und will
den Kranz wieder aufsetzen].

Fust [reißt den Kranz ihr aus der Hand, der sich in eine
ringelnde Natter verwandelt hat, und zurückweichend schleudert
er dieselbe in das Gebüsch. Das Bild bedecken sofort Wolken].

· Voland.

Ihr seid zu haftig! Nicht ertragen
Kann's Geisterreich so stürmisch Wagen!

Fust [mit tiefer Reue].

Die Viper, weiß ich wohl, war ich,
Die in des Kindes Frieden schlich,
Sich ringelte um Hirn und Herz,
Die Lust vergiftete zum Schmerz!

Das erste Bild zeigt Liebesſchuld,
Das zweite meine ſchwere Schuld! [Zu Voland.]
Laßt's dritte Bild — Erlöſung ſein!

Voland.

Doch fahrt nicht wieder wild darein!

[Beſchwörende Geberden.]

Die Wolken verſchwinden. Käthe (Contrefigur) als Edelfräulein wie in der zweiten Abteilung ſteht in der Mitte. Sie iſt
leichenblaß und ſteht mit geſchloſſenen Augen und herabhängenden
Armen ſtarr da, als würde ſie nur durch Geiſtermacht aufrecht
erhalten. Hinter ihr das Zauberſchloß in rotglühender
Beleuchtung.

Fuſt [geht zögernd auf die Erſcheinung zu].

Das iſt der heut'ge Tag — doch Leben
Mein Lieb iſt Dir noch nicht gegeben!

Voland [macht hinter Fuſt's Rücken beſchwörende Geberden
gegen das Bild.]

Nur näher, Freund, die Augenſterne
Sind klar, die Lippen küßten gerne!
Es iſt was Eig'nes um die Lippen,
Sie ſind des Liebelebens Sitz.
Die Luſt zum Leben durch ein Nippen,
Raſch zu erwecken — lehrt mein Witz!

Fuſt [näher bei Käthe. Schaudernd].

Es weht ein eiſ'ger Hauch mich an!

Voland [drängend].

Nur immer näher! Dicht heran!
Wenn erst den Schatz Ihr habt im Arm
Dann wird lebendig er und warm! [Rasch b. Seite:]
Und wenn er Dich nur erst umschlingt,
Die Höllenglut ins Herz Dir dringt!

Fust [auf Käthe zu, als ob er sie küssen wollte. Käthe öffnet
die Lippen zum Sprechen].

Weh' mir, ich kann sie küssen nicht!

Voland [bei Seite].

Vielleicht geht's besser, wenn sie spricht! [Beschwört.]

Käthe [mühsam und kalten Tones].

Mein Lieb, erwecke mich zum Leben!

Fust [ist zurückgewichen].

Warum faßt mich ein solches Beben?
Im Ton vom Leben keine Spur!
Ins Recht zu greifen der Natur —
Es fehlt trotz aller Liebesglut,
Dazu mir frecher Frevlermut!

Voland [ungeduldig].

Wenn sich der Herr noch lang besinnt,
Der letzte Tropfen Blut gerinnt! —
Ich denk' Du willst Dein Lieb besitzen?
Laß die Natur mit ihren Witzen;
Wer frisch und fröhlich zu thut langen,
Dem wird vor keinem Rechte bangen!

Fuſt [breitet weit die Arme].

So ſei es denn gewagt — mit Gott!

Furchtbarer Blitz ohne Donner. Die Erſcheinung der Käthe
verſinkt, und Fuſt wie geblendet, bedeckt die Augen mit beiden
Händen. Der Wald ſchließt ſich.

Voland [tritt S. r. ganz in den Vordergrund].

Nun bangt mir vor der Hölle Spott!
Großmutter wird am Ende näſeln:
„Geſchieht Dir Recht! Mit — Seeleneſeln —
Sich einzulaſſen, nimm's nicht krumm,
Iſt für Herrn Satan gar zu dumm!"

Zweiter Auftritt.
Vorige. Gutenberg.

Gutenberg [von S. l. hereinſtürmend, das Blatt in der Hand,
welches er Käthe ſchenkte].

O Fuſt, ein Wunder da geſchah! —
Als unſer Käthchen in die Truhe
Wir legten zu der letzten Ruhe,
Und wir dem Rheine ſchon ganz nah',
Um ſie in heil'ge Erd' zu bringen;
Da ſah' ich, daß hervor will dringen
Aus ihrem blutigen Gewand,
Ein kleines Blatt, das meine Hand
Ihr heut' geſchenkt. — Ich nahm das Blatt,
Das feſt zuſamm'geſchlagen war,
Entfalte es, und offenbar
Ward uns ein Wunder! Ohne Blut
Fand ich das Blättlein rein und gut,
Nur wo das Wörtlein Deo ſtand,
Da war die Kugel durchgerannt,

Und hat das Wort hineingetrieben
In's Herz, wo stecken es geblieben! ---
D'rum hat der Böse keinen Teil
An ihr, sie starb im Heil!

Voland [schlägt sich vor die Stirne].

Ich Narr, ich hielt's für Demantsplitter!

Gutenberg [erblickt Voland].

Was willst Du hier noch, nächt'ger Ritter?
Dein Zauberschloß gar rasch verschwand
Seit Käthchen weilt im sel'gen Land!

Voland [zu Fust].

Hans Fust, ich fühl' mich überwunden;
Doch nicht durch Euch, durch höh're Macht;
Von Eu'rem Witze ungeschunden
Kehr' ich zurück zur ew'gen Nacht!
An Euch — verzeiht — liegt mir nicht viel . . . .

Fust.

Weil Du verloren jedes Spiel!

Voland.

Wie stolz! — Nur Eins möcht ich Euch sagen:
Auf Euer Werk, da pochet nicht,
Es wird durch alle Welt hintragen
Den Fluch, der aus der Schwärze spricht,
Die Satan hat zusammengerührt,
Und frech der Hölle Farbe führt!

Gutenberg.

Ohnmächtig soll Dein Fluchen sein;
Denn aller Freiheit Sonnenschein,

Er wird mit mächtigem Ergießen
Aus unsern dunklen Lettern fließen!

Voland [mit diabolischem Hohne].

Jawohl! Lernt erst der Pöbel lesen,
Fahr' wohl, o Freiheit, bist gewesen! —
Nicht in der Weite, in der Enge
Fühlt hundewohl sich jede Menge;
Solch' Spatzenvolk thut sich nur loben
Das Futter, das da kommt von oben! —
Mir ist es recht; denn mehr verwirren
Als klären wird die neue Kunst!
Wer sie beherrscht, glaubt nie zu irren,
Die Pfaffen schrei'n sie aus als Dunst,
Und klammern doch mit Fuß' und Händen
Sich an sie fest an allen Enden! —
Gerad wird krumm, das Große klein,
Das Kleinste aber groß gemacht!
Ein Hexenkessel wird es sein,
Bei dessen Qualm die Hölle lacht! —
Auf diese Weise nehmt entgegen
Zu Eurem Werke meinen Segen!

[Er verneigt sich mit höhnischem Grinsen und will gehen.]

Sphärenklang ertönt von oben, und der Wald öffnet sich
wieder. Vor dunklen Wolken in einer Aureole schwebend erblickt man den

Genius des Lichtes [Käthchen einen schimmernden Palm-
zweig in der erhobenen Rechten, und mit selig verklärten Zügen].

Verzaget nicht! Ich darf verkünden,
Die auch aus tiefer Nacht der Sünden

8*

Sich zu dem ewigen Lichtquell hob,
Des hehren Werkes reines Lob! —
Feſt wird es ſtehen und nicht ſcheinen,
Beſtimmt iſt's, Alle zu vereinen
Mit einem wunderbaren Band!
Geſittung trägt's von Land zu Land,
Und bis zum allerkleinſten Haus
Streut Bildung ihren Segen aus! —
Mag ſich die Höll' dagegen ſtemmen,
Sie wird den Fortgang niemals hemmen,
Und wenn auch — Kampf — die Loſung iſt,
Steigt trotz des Dunkels arger Liſt
Das Volk hinauf zum freien Licht!

Voland [mit tiefem Kratzfuße vor dem Genius. Mit
diaboliſchem Hohne:]

Wenn es ſich nicht das Hälslein bricht!

[Er verſchwindet.]

Genius [ruhig fortfahrend zu Fuſt und Gutenberg, die ſich
umſchlungen halten].

Und Ihr, die beiden Dioskuren,
Die fanden dieſes Werkes Spuren,
Sollt ſchauen nun mit Seherblick
Der ſpäten Zukunft ſchönſtes Glück!

Winkt mit dem Palmzweige. Die dunklen Wolken des Hintergrundes zerfließen, und man ſieht das jetzige Mainz — von der
Rheinſeite — im goldenen Abendſonnenſtrahle].

Fuſt [kniet nieder, zu Käthchen verzückt aufblickend].

Genius [deutet hinab auf die Stadt].

Schaut hin! Da liegt das gold'ne Mainz,
Die heißgeliebte Vaterstadt,
Die längst den Graus vergessen hat,
Am Herzen uns'res deutschen Rhein's!
Von ihr untrennbar sind die Namen!
„Fust=Gutenberg" durch alle Zeit,
Und Euer ausgestreuter Samen,
Wächst segensvoll zur Ewigkeit! —
Ein Jubelruf die Welt durchbricht:
„Gesittung, Freiheit, Bildung, Licht!"

[Entschwebt nach Oben.]

Aus der Ferne ertönt unter Posaunenklängen der
Volle Chor.
„Gesittung, Freiheit, Bildung, Licht!"

Der Vorhang senkt sich langsam nieder.

Manuscript not for sale.

Carl Schultes.

Druck von Seitz & Schauer, München, Buttermelcherstraße 16.